FANTASY

Die Welt der DRACHENLANZE im Goldmann und Blanvalet:

Die Chronik der DRACHENLANZE
1. Drachenzwielicht (24510) • 2. Drachenjäger (24511) • 3. Drachenwinter (24512) • 4. Drachenzauber (24513) • 5. Drachenkrieg (24516) • 6. Drachendämmerung (24517)

Die Legenden der DRACHENLANZE
1. Die Brüder (24527) • 2. Die Stadt der Göttin (24528) • 3. Der Krieg der Brüder (24530) • 4. Die Königin der Finsternis (24531) • 5. Der Hammer der Götter (24533) • 6. Caramons Rückkehr (24534)

Das Heldenlied der DRACHENLANZE
1. Das Ehrenwort (24587) • 2. Verrat unter Rittern (24589) • 3. Das Schwert des Königs (24591) • 4. Heldenblut (24593) • 5. Unter dunklen Sternen (24594) • 6. Die Stunde des Skorpions (24595)

Die Geschichte der DRACHENLANZE
1. Die Zitadelle des Magus (24538) • 2. Der Magische Turm (24539) • 3. Die Jagd des Todes (24540) • 4. Der Zauber des Palin (24541) • 5. Der edle Ritter (24542) • 6. Raistlins Tochter (24543)

Der Bund der DRACHENLANZE
1. Ungleiche Freunde (24602) • 2. Die Erben der Stimme (24603) • 3. Die Stunde der Diebe (24604) • 4. Finstere Pläne (24605) • 5. Das Mädchen mit dem Schwert (24606) • 6. Verspätete Rache (24607) • 7. Schattenreiter (24673) • 8. Das Siegel des Verräters (24674) • 9. Stahl und Stein (24675) • 10. Das Schloß im Eis (24676) • 11. Der Zauber des Dunkels (24677) • 12. Die Jäger der Wüste (24678)

Die Zauberprüfung (24907)

Die Krieger der DRACHENLANZE
1. Der Dieb der Zauberkraft (24816) • 2. Die Ritter der Krone (24817) • 3. Verhängnisvolle Fahrt (24845) • 4. Tödliche Beute (24846) • 5. Die Ehre des Minotaurus (24847) • 6. Die Ritter des Schwerts (24887) • 7. Theros Eisenfeld (24888) • 8. Der Lanzenschmied (24889)

Drachenauge – Stories aus der Welt der Drachenlanze (24908)
DRACHENLANZE – Die Neue Generation (24621)

Die Erben der DRACHENLANZE
1. Drachensommer (24708) • 2. Drachenfeuer (24718) • 3. Drachennest (24782) • 4. Die Grube der Feuerdrachen (24783)

Weitere Bände in Vorbereitung.

TINA DANIELL

Der Bund der Drachenlanze 12

DIE JÄGER DER WÜSTE

Aus dem Amerikanischen
von Imke Brodersen

BLANVALET

Die amerikanische Originalausgabe erschien
unter dem Titel »DRAGONLANCE® Saga, Meetings Sextet 6:
The Companions« (Chapters 9–16)
bei TSR, Inc., 1801 Lind Ave SW, Renton, WA 98055, USA

Umwelthinweis:
Alle bedruckten Materialien dieses Taschenbuches
sind chlorfrei und umweltschonend.
Das Papier enthält Recycling-Anteile.

Deutsche Erstveröffentlichung 7/99
© TSR, Inc. 1985, 1994, 1999
All rights reserved.
TSR, Inc. is a subsidiary of Wizards of the Coast, Inc.
DRACHENLANZE and the TSR logo are registered trademarks owned
by TSR, Inc.
All DRACHENLANZE characters and the distinctive likeness
thereof are trademark of TSR, Inc.

This material is protected under the copyright laws of the United States of America. Any reproduction or unauthorized use of the material or artwork contained herein is prohibited without the express written permissionof TSR, Inc.

U.S., CANADA, ASIA, PACIFIC & LATIN AMERICA	EURROPEAN HEADQUARTERS
Wizards of the Coast, Inc.	Wizards of the Coast,
P.O. Box 707	Belgium
Renton, WA 98057-0707	P.B. 34
+ 1-206 -624 -0933	2300 Turnhout
	Belgium
	+32-14-44-30-44

Visit our Website at http:// www.tsr.com

Published in the Federal Republic of Germany by
Blanvalet Verlag, München
Blanvalet Taschenbücher erscheinen im Goldmann Verlag,
einem Unternehmen der Verlagsgruppe Bertelsmann GmbH.
Deutschsprachige Rechte beim
Blanvalet Verlag, München
Umschlaggestaltung: Design Team München
Umschlagillustration: TSR/Agt. Schlück
Satz: IBV Satz- und Datentechnik GmbH, Berlin
Druck: Elsnerdruck, Berlin
Verlagsnummer: 24678
V.B. · Herstellung: SC
Printed in Germany
SBN 3-442-24678-4

3 5 7 9 10 8 6 4 2

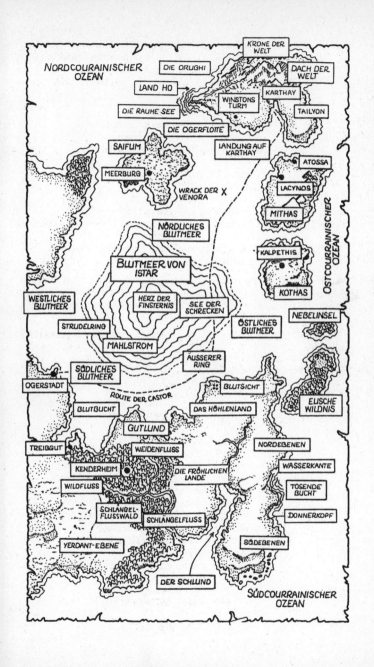

Kapitel 1

Tanis führt Logbuch

Kapitän Nugeter lebte davon, daß er die *Castor* vermietete, um Ladung, Leute, ganz gleich, worum man bat, durch die Ostmeere zu schiffen, ohne Fragen zu stellen. Tanis, Raistlin, Flint und Kirsig wurden daher kaum von der Mannschaft beachtet, als sie am Morgen an Bord gingen.

Da Tanis eine ereignisreiche Reise erwartete, beschloß er, ein Logbuch zu führen. Zu diesem Zweck erbat und erhielt er vom Kapitän Papier aus dessen Vorrat.

ERSTER TAG

Stürmischer Wind und Schmuddelwetter begrüßten uns, sobald wir die Küstenlinie nicht mehr sehen konnten. Die rötliche See nahm eine schmutzig braune Farbe an, ein Vorzeichen für die vor uns liegenden Gefahren.

Kapitän Nugeter versammelte mich, Flint, Raistlin, die Halbogerin Kirsig und seinen Ersten Steuermann – eine große, breitschultrige hellblonde Frau mit dem Namen Yuril (sie erinnert mich ungemein an Caramon, denn sie ist eine wirklich imposante Gestalt) – in seiner Kabine, um einen Blick auf die Karten zu werfen und die Route abzusprechen.

Obwohl Nugeter ein arroganter Mensch ist, kann man am Verhalten seiner Mannschaft erkennen, daß er sich sowohl ihre Sympathie als auch ihren Respekt erworben hat. Kirsig spricht jedenfalls in hohen Tönen von ihm, hauptsächlich wegen seiner Begegnungen mit ihrem Vater. Seine Kabine ist bescheiden eingerichtet. Sie enthält einen einfachen Schreibtisch, einen Wandschrank mit Sternen- und Seekarten und eine kleine Hängematte.

Als alle da waren, begann Kapitän Nugeter mit der Warnung, daß es keine Garantie gäbe, daß wir unser Ziel, die fernen Minotaurischen Inseln, sicher erreichen würden. »Ich habe das Blutmeer öfter als jeder andere Seefahrer herausgefordert«, *erklärte der Kapitän,* »aber ich vergesse nie, daß es ein Risiko ist, ein tödliches. Eure Gründe sollten es wert sein, dafür euer Leben aufs Spiel zu setzen.«

Flint wollte etwas sagen, doch Raistlin schnitt ihm das Wort ab. Das gebrochene Bein des Zwergs war sauber verbunden, doch sein Gesicht war grün, und zwar seit man ihn an Bord des Schiffes gehievt hatte. Die unruhige See, der wir seit dem Segelsetzen ausgesetzt waren, hatte seine Vorurteile gegenüber Seereisen bestätigt und sein Leiden verstärkt.

Raistlin versicherte dem Kapitän, daß wir nicht die Absicht hätten, umzukehren. Um dies zu bekräftigen, legte er einen Beutel mit Edelsteinen und Münzen auf den Tisch des Kapitäns. Ihr Wert war beträchtlich. Flint setzte sich mit großen Augen auf. »Das Doppelte«, betonte Raistlin, »wenn wir die Überfahrt in zehn Tagen schaffen.«

Andere Kapitäne halten sich ganz außer Reichweite des äußeren Rings des Mahlstroms inmitten des Blutmeers. Das ist der klügste Kurs, denn wenn ein Schiff in diese mächtige Unterströmung gerät, wird es in die immer engeren Ringe des Strudels gezogen und schließlich in das dunkelrote Wasser hinab, das unablässig dort wirbelt, wo einst die große Stadt Istar lag.

Nugeter schlug vor, den äußeren Ring des Mahlstroms direkt anzusteuern und mit der Strömung zu fahren, ohne in den Strudel zu geraten. Sobald wir nahe genug an den Inseln der Minotauren wären – ungefähr dreihundert Meilen –, würde sich die Castor *aus dem tödlichen Sog freikämpfen.*

»Das ist der einzige Weg, wie wir die Entfernung innerhalb von zehn Tagen überwinden können«, schloß der Kapitän. »Ansonsten ist es wegen der Strömungen und der Winde eine Reise von mehreren Wochen. Sicherer, aber weitaus langsamer.«

»Hast du das schon je zuvor versucht?« fragte Raistlin eindringlich.

»Nein«, gab der Kapitän schlicht zu.

Nach seiner Antwort lag lastende Stille in der Luft. »Aber es ist machbar«, meldete sich Yuril unerwartet zu Wort. »Ich bin mal mit einem Kapitän gefahren, der es geschafft hat. Es war eine schreckliche Reise. Wir mußten nicht nur mit der Strömung kämpfen, sondern auch gegen den ständigen Sturm, der im Mahlstrom herrscht. Der Tod winkte jeden Augenblick. In den hohen Brechern haben wir viele gute Seeleute verloren.

Aber der Kapitän war entschlossen, es zu schaffen. Er hat sein Schiff exakt im richtigen Moment gewendet, so daß wir freikamen. Damit haben wir viel Zeit gespart.«

Neugierig fragte ich sie, was denn aus dem Kapitän geworden sei. Warum segelte sie jetzt mit Kapitän Nugeter?

»Pah«, entgegnete Yuril. »Mein alter Kapitän ist an Land umgekommen, in Blutsicht. An Bord seines Schiffes war er genial, in anderer Hinsicht ein Einfaltspinsel. Da besiegt einer das Blutmeer, nur um sich bei einer gewöhnlichen Kneipenschlägerei erstechen zu lassen!« Sie hielt inne und straffte die Schultern, während sie ihrerseits jeden von uns anstarrte. »Ich segele schon zwei Jahre mit Kapitän Nugeter. Er hat den nötigen Schneid und das Können. Damit ist es machbar.«

Sie stieß den Finger auf die Karte, die auf dem Tisch lag, um zu zeigen, wo das Schiff in den Mahlstrom eintreten würde und wo wir – wenn das Glück uns hold war – wieder ausgespuckt werden würden.

Yuril sagte, der äußere Ring des Blutmeers läge bei günstigem Wind und ohne Zwischenfälle ungefähr drei Tage entfernt.

»Wie lange werden wir in diesem... Mahlstrom sein?« fragte Kirsig etwas kläglich.

»Zwei Tage und zwei Nächte«, erwiderte Yuril. »Wenn wir auf Kurs bleiben.«

Raistlin schien über der Karte zu grübeln. Ich wartete auf seine Entscheidung.

Flint flüsterte mir kummervoll zu: »Meinst du nicht, wir sollten die langsamere und sichere Methode in Betracht ziehen? Wir haben doch wirklich keinen Beweis, daß Sturm, Caramon und Tolpan unmittelbar in Gefahr sind.«

Raistlin warf ihm einen vorwurfsvollen Blick zu. Flint sah zu Boden und zupfte an seinem Bart.

Ich wußte, daß mein alter Freund nicht weniger um die an-

deren besorgt war als Raistlin und ich. Ich klopfte ihm auf den Rücken und flüsterte: »Dadurch kommen wir schneller von diesem Schiff runter.« *Dann sprach ich mich für den Plan aus.*

Raistlin nickte zustimmend, und Kirsig überraschte mich mit einer Umarmung. Ich wagte keinen erneuten Blick auf Flint, denn ich wußte, daß der Zwerg, der sich seiner vorherigen Bemerkung schämte und wütend war, auf einer Seereise festzusitzen – noch dazu mit einem gebrochenen Bein –, mich finster anfunkeln würde.

Bei Einbruch der Nacht wurde die Castor *von starken Windstößen gebeutelt. Finsternis legte sich über das Wasser. Die See war kalt und schwarz und aufgewühlt. Keine Sterne schmückten den Nachthimmel. – Wir sind drei Tage vom Sog in den Mahlstrom entfernt, daher dürfte es meiner Phantasie entspringen, wenn ich schon jetzt den beständigen, stärker werdenden Zug verspüre.*

ZWEITER UND DRITTER TAG

Häufige eigenartige Flauten wechseln mit starkem Wind, Hagel und Regen. Wir haben in diesem Teil des Meeres keine anderen Schiffe gesichtet. Selbst bei Flaute wird unser Schiff in nördliche Richtung gezogen.

Habe ich die Castor *beschrieben?*

Es ist ein Zweimaster mit zwei Segeln und Ruderbänken, die nur bei Windstille bemannt sind. Zur Mannschaft gehören ungefähr zwei Dutzend Seeleute, mindestens zur Hälfte Frauen. Alle sind Menschen und betrachten Flint und besonders Kirsig mit einigem Erstaunen, obwohl sie auf ihren Reisen schon Ogern begegnet sein müssen.

Ein paar aus der Mannschaft haben schwarze Haut, da sie von entfernten Inseln im Norden stammen, und ich beobachte sie mit vergleichbarer Neugierde. Besonders die Frauen, denn sie sind schön anzusehen, dabei aber gut trainiert und offensichtlich seefest. Sie tragen Lederkleider und Sandalen und können genausogut die Masten erklettern und die Segel einholen wie jeder Matrose.

Meistens reden sie in ihrer eigenen, rauh klingenden Mundart, obwohl fast alle von ihnen auch die Umgangssprache sprechen.

Keiner aus der Mannschaft trägt Waffen, und bisher hatten wir noch keinen Grund, welche zu benutzen. Achtern gibt es einen kleinen Waffenschrank, in dem Schwerter, Armbrüste, Bolzen, Öl, Rüstungen und der gesamte Brandyvorrat des Schiffes aufbewahrt werden.

Yuril bewegt sich ganz selbstverständlich in der Mannschaft. Wenn sie ein Kommando brüllt, rennen die anderen los, um es auszuführen. Sie hat den Bau von vier zusätzlichen Seitenrudern beaufsichtigt, die einfach gemacht sind und wie Riesenflossen aussehen. Es war Kapitän Nugeters Idee, sie gleich unter der Wasseroberfläche beidseitig an den Enden des Schiffs anzubringen. Wenn wir den trügerischen Randbezirk des Blutmeers befahren, sollen sie die Castor *stabilisieren und, wie wir hoffen, durch die schlimmsten Böen führen, die ganz sicher vom Mahlstrom her kommen werden.*

Mit den Extrarudern kommt ein ausgeklügeltes System aus Seilen und Winden an Deck, die an Holzblöcken festgemacht sind, welche wiederum auf das Deck genagelt wurden. Zwei Matrosen haben sich freiwillig gemeldet, an der Seite des Schiffes baumelnd den Kopf unter die krachenden Wellen zu stecken, damit die zusätzlichen Ruder sicher befestigt sind. Am Abend erhielten sie Sonderrationen, und ihre Kameraden ließen sie hochleben.

Kapitän Nugeter steht mit hoch erhobenem Kopf über allem. Er sagt sehr wenig, und es ist fast, als ob Yuril das Kommando hätte. Aber er schilt sie, wenn sie langsam ist, und lacht laut, wenn sie ihm als Antwort eine Beleidigung an den Kopf wirft.

Abgesehen vom Hauptdeck und der Kapitänskabine hat die Castor *eine kleine Kombüse mit Trinkwasser und Vorräten, den Waffenschrank, das untere Deck mit den Ruderbänken, die Mannschaftsunterkünfte (welche die Mannschaft abwechselnd nutzt) und einen Frachtraum. Soweit ich weiß, haben wir nichts dabei außer Nahrungsmittel, Reparaturmaterial und die bereits erwähnte Waffensammlung.*

Neben dem Frachtraum ist eine Gefängniszelle, die seit unserem Aufbruch in Ogerstadt leer steht, und eine kleine Kabine für den Steuermann, in der Yuril schläft – falls sie einmal schläft. Sie scheint rund um die Uhr an Deck zu sein. Wenn der Kapitän selber schläft, ist sie Auge und Ohr für ihn.

Zum Glück gibt es vier kleine Kabinen für Passagiere, je eine für Raistlin, Flint, Kirsig und mich. Sie sind schlicht eingerichtet, jede mit Hängematte, Bank, Fenstertruhe und Tisch.

Raistlin verbringt freiwillig viel Zeit allein in seiner Kabine. Ich vermute, der junge Majere sammelt seine Kräfte für die Strapazen, die vor uns liegen. Die wenigen Male, die ich ihn an Deck sah, wirkte er nachdenklich. Sicher sorgt er sich um seinen Bruder.

Flint hat ebenfalls den größten Teil der ersten drei Tage in seiner Kabine verbracht, allerdings unfreiwillig, denn er ist durch sein verletztes Bein etwas lahmgelegt. Ich bin nicht sicher, ob er bei seiner Abneigung gegen Wassermassen unglücklich ist, so festzusitzen; bei Flint ist das schwer zu sagen. Selbst wenn er unendlich glücklich ist, murrt er ja unentwegt.

Kirsig hat Flints Bein gut behandelt. Die Schwellung ist zurückgegangen und die Verfärbung verblaßt. Es hat sich herausgestellt, daß sie ein paar nützliche Kenntnisse im Heilen besitzt. Ich glaube, bis wir den äußeren Ring des Mahlstroms erreicht haben, wird mein Freund wieder laufen können.

Kirsig lehnt es ab, von Flints Seite zu weichen. Sie ist völlig vernarrt in ihn. Sie streichelt seine Haare und seinen Bart und nennt ihn ihren »hübschen Zwerg«. Je nachdrücklicher er sie loszuwerden versucht, desto fester klammert sie sich an ihn.

Die anderen an Bord stehen der Halbogerin nicht so ablehnend gegenüber. Gestern (am zweiten Tag) ist einer der Seeleute von einer hohen Rahe gefallen und hat sich eine häßliche Wunde zugezogen. Er blutete heftig aus der Seite. Kirsig wurde an Deck gerufen, und sie hat die Wunde mit nichts als einer Nähnadel sauber geschlossen. Bis dahin hatte Yuril die Halbogerin eher mit amüsierter Gleichgültigkeit betrachtet. Jetzt fällt mir auf, daß sie Kirsig – im Gegensatz zu anderen – morgens begrüßt und sich ihr respektvoll nähert.

VIERTER TAG

Das Wasser ist so unheilschwanger wie der Himmel. Hier, im äußeren Ring des Blutmeers, ist seine Farbe ein dunkles Blutrot. Die Wellen rollen in langen Wogen.

Raistlin hat erklärt, daß die Farbe des Wassers von der roten Erde der fruchtbaren Felder stammt, die einst die Stadt Istar umgaben. Seit Istar bei der Umwälzung zerstört wurde, wirbelt der Mahlstrom, der hier fließt, unablässig diese Erde auf, die das Wasser rot färbt und dem Blutmeer seinen Namen gibt, so daß alle an das Schicksal der berühmten Stadt erinnert werden, die darunter begraben liegt.

Als Kapitän Nugeter das mitbekam, hat er die Nase gerümpft und gesagt, die Farbe des Meeres käme vom Blut der vielen tausend Menschen, die eingeschlossen wurden und ertranken, als die Götter ihren Zorn an der Stadt Istar ausließen.

Flint ist jetzt auf und humpelt herum; sein Bein wird kräftiger. Er kam mittags zu uns an Deck, als sich auf dem Schiff Unruhe ausbreitete. Die Matrosen standen in Grüppchen zusam-

men, zeigten aufgeregt nach vorn und stritten über die Vorzeichen in Meer und Himmel.

Einer aus der Mannschaft, ein kräftiger, weitgereister Mann, beharrt darauf, daß man in dieser Gegend im Himmel über dem Blutmeer schon Drachen gesichtet hat. Als seine Kameraden nachbohrten, gab er zu, daß er noch nie zuvor so nah am äußeren Ring gesegelt war und daß es sich um Erzählungen aus den Tavernen von Blutsicht handelte.

Die anderen verhöhnten ihn, nachdem er dies eingestanden hatte, aber mir fiel auf, daß Raistlin ihm aufmerksam zugehört hatte. Auf seinem gespannten Gesicht lag ein nachdenklicher Ausdruck.

»Drachen!« schnaubte Flint. »Als nächstes kriegen wir was von Djinns zu hören, die drei Wünsche erfüllen!«

Später am Nachmittag befanden wir uns im Griff einer starken Strömung, die uns nach Nordwesten zog. Kapitän Nugeters Anweisungen lauteten, jede Gegenwehr zu lassen, die Segel einzuholen und mit dem Strom zu gleiten. Die erste Schicht der Mannschaft nahm ihre Positionen an der Reling ein. Kleine Gruppen waren eingeteilt, an einem der Anker oder den Rudern oder den zusätzlichen Steuerrudern zu bleiben. Aber sie hatten den Befehl, vorläufig nichts zu tun, sondern das Schiff vom äußeren Ring ansaugen zu lassen.

Die Castor *wurde immer schneller mitgerissen. Der Himmel über uns hatte sich so verdüstert, daß es schwer zu sagen war, ob Tag oder Nacht herrschte, wenn man seinen Augen vertrauen wollte. In der Luft knallten Donnerschläge, Blitze zuckten, und hin und wieder traf uns peitschender Regen.*

Kapitän Nugeter nahm das Ruder in die Hand. Wir alle sahen ihn auf dem Achterdeck stehen und das Ruder heftig hin und her werfen, um die Bewegung des Schiffes auszugleichen und es nicht in den Strudelring hineinziehen zu lassen. Was auch immer die Mannschaft zu tun hatte, wir alle warfen ver-

stohlene Blicke auf den Kapitän, denn wir wußten, daß hinter dem Strudelring die See der Schrecken liegt, jener Ort, wo Istar unter dem grimmigen Blutmeer ruht. Kein Seefahrer soll sich je hinter den Strudelring gewagt haben und zurückgekehrt sein, um davon zu berichten.

Mir fiel auf, daß Kirsig loslief, um Yuril zu unterstützen, die von Posten zu Posten gehen mußte, um die Seeleute zu beruhigen. Die Halbogerin hüpfte neben der größeren, muskulöseren und hübscheren Frau entlang, was einen seltsamen Kontrast ergab. Die Seeleute hatten ihren Spaß an ihrem irgendwie komischen Auftreten, doch sie tat ebensoviel wie Yuril, um die Disziplin aufrechtzuerhalten.

Flint und ich liefen zu leeren Ruderbänken, um unsere Muskelkraft einzusetzen, falls Not am Mann war. Ich muß sagen, daß Flint seine Angst vor der See tapfer bezwungen hat, und obwohl sein Gesicht in dieser Situation weiß wurde, stand er bereit, um zu helfen, wo er nur konnte.

Raistlin klammerte sich an einen großen Mast. Zwar wurde er vom böigen Wind durchgerüttelt, doch er war entschlossen, dazubleiben und zu beobachten, was auch geschehen mochte.

VIERTER TAG: ABEND

Als es noch finsterer wurde, wußten wir, daß die Nacht hereingebrochen war, und mit ihr kam das volle Ausmaß des Schreckens. Der Himmel zerbarst vor Donnern, die See schien von den Blitzschlägen in Flammen zu stehen, und eisiger Regen prasselte seitlich auf uns herunter. Die Wellen türmten sich hoch nach oben, um dann gewaltsam über den Decks zusammenzuschlagen. Einmal hörten wir Schreie, um später zu erfahren, daß ein unglücklicher Seemann über Bord gegangen war.

Das Schiff tanzte wie verrückt herum, und in der Schwärze

der Nacht gab es keine Möglichkeit, die Castor *sicher auf Kurs zu halten. Der Wind heulte hinter uns, vor uns, um uns herum, einfach nicht einzuschätzen. Yuril hatte den Kapitän abgelöst und stand am Ruder, als das Schlimmste begann. Bald gesellte sich Nugeter zu ihr, und die beiden bemühten sich, das Rad davon abzuhalten, sich wie verrückt zu drehen. Sie schrien sich an und verfluchten sich und alle Elemente, während sie im verzweifelten Bemühen, das Schiff zu halten, das Steuerruder umschlangen.*

Die fortwährenden Windstöße trieben Eisregen auf das Vorder- und Achterdeck. Es mußte geschöpft werden. Am schlimmsten war, daß durch den Sturm, das Schöpfen und die Unsicherheit die ganze Nacht keine wirkliche Ruhe und kein Essen möglich war. Beide Schichten arbeiteten nebeneinander her, obwohl sie müde, kalt bis in die Knochen und voller Furcht waren.

Ich stritt mit Raistlin herum, weil ich darauf bestand, daß es letztlich besser wäre, wenn er sicher unter Deck bliebe. Er wollte nicht hören. Am frühen Morgen jedoch, als der Sturm etwas abflaute und einige von uns eilig eine Mütze Schlaf nahmen, sah ich, daß er an seinem Platz zusamengesunken war.

Kirsig half dem jungen Zauberer eilig nach unten in seine Kabine. Flint und ich folgten bald darauf, denn wir zitterten im Wind und im Regen. Von meiner Kabine aus konnte ich Raistlin hören, der sich in unruhigem Schlaf murmelnd hin und her warf.

Wir schliefen alle unruhig, denn die Irrfahrt des Schiffes ließ unsere Angst wachsen.

FÜNFTER TAG

Tag und Nacht wird das Wetter schlimmer und die Gefahr, in der wir schweben, größer. Nach kurzer Pause kehrte der Sturm mit voller Wucht zurück. Riesige Wellen klatschten auf das Schiff, und heftiger Regen durchnäßte uns bis auf die Haut. Wir mußten uns jedes Wort in die Ohren schreien, wegen des krachenden Donners.

Obwohl Nugeter am Ruder ausharrte, konnte ich mir nicht vorstellen, daß seine Bemühungen irgendwelche Auswirkungen hatten. Die Castor *schien wie ein Korken in der Gischt herumgeworfen zu werden. Der Angriff des Blutmeers ließ uns taumeln wie Betrunkene.*

Das brodelnde Chaos ließ nicht nach. Am späten Nachmittag erklärte Kapitän Nugeter mit brennenden, rotgeränderten Augen, daß wir in den Strudelring geraten waren. Jetzt, sagte er, war es zwingend notwendig, daß wir den Griff der Strömung durchbrachen und die Castor *irgendwie wieder nordöstlich in den äußeren Ring lenkten.*

Sonst würden wir in den Mahlstrom gezogen werden.

Nugeter befahl Yuril, von Deck zu gehen. Sie mußte nach unten gehen und schlafen. Bisher hatte sie sich geweigert, sich von irgend jemandem in ihre Arbeit reinreden zu lassen. Allein hielt der Kapitän bis zum Abend die Stellung. Ich werde nie vergessen, wie er an jenem Tag beim Steuern ein herzhaftes Seemannslied schmetterte, das ich noch nie von jemand anderem gehört hatte. Seine unerschütterliche Zuversicht im Kampf mit dem Schiff schien die anderen Seeleute anzustecken, die trotz der Härte der Elemente nicht von ihren Posten wichen.

Der Kapitän beorderte einige aus der Mannschaft an die Ruder und andere ans kleinste Segel. Bestärkt durch Nugeters laute Befehle, gelang es der Mannschaft irgendwie, die Castor *in den äußeren Ring zurückzuhieven.*

Gegen Mittag tauchte Raistlin an Deck auf. Obwohl er offenbar immer noch müde und erschöpft war, wirkte er dennoch aufgeregt. Ich sah, daß seine Stärke und Entschlossenheit zurückgekehrt waren. Ich fragte ihn, wie lange wir das noch aushalten mußten.

»Meiner Schätzung nach haben wir ungefähr einhundertfünfzig Meilen geschafft«, antwortete der junge Zauberer. »Das heißt, daß wir weitere einhundertfünfzig vor uns haben, bevor wir versuchen, aus dem äußeren Ring auszubrechen, und ins Nördliche Blutmeer gelangen.«

»Noch eine Nacht und ein Tag«, schätzte Kirsig, die hinter dem Majerezwilling aufgetaucht war.

»Wo ist Flint?« fragte ich sie.

»Da drüben.« Die Halbogerin zeigte stolz auf einen Mast, wo Flint im Sitzen völlig durchnäßt mit mürrischem, aber entschlossenem Gesicht eines der Seile festhielt, die die Seitenruder hielten.

FÜNFTER TAG: ABEND

Eine Nacht, die uns an die Grenzen unseres Durchhaltevermögens brachte. Der Wind heulte, als er die See in einen schwarzen Vorhang aus blendendem Sprühregen verwandelte. Der Donner krachte pausenlos, und einmal trafen Blitzkugeln das Deck, fällten einen Nebenmast und brachen den Hals des armen Seemanns, der darunter stand. Wir mußten uns an Stangen und Haken binden, um nicht in das tobende Wasser gespült zu werden. Keiner schlief. Selbst eine kurze Pause wurde durch brutale Unterbrechungen unmöglich gemacht – ein Blitzschlag, ein Donnergrollen, peitschender Regen oder etwas Hartes, das der unaufhörliche Wind uns ins Gesicht schleuderte.

Immer noch klammerten sich Kapitän Nugeter und Yuril am Ruder fest.

SECHSTER TAG

Zwei Mitglieder der Mannschaft haben wir im Kampf mit dem Blutmeer verloren. Der Rest sehnt sich angesichts der Aussichten auf das nicht enden wollende Unwetter fast danach, sich dem wütenden Mahlstrom zu ergeben.

Raistlin ist fast den ganzen Tag erschöpft in seiner Kabine geblieben. Flint wurde mit tiefliegenden Augen und triefnassen Brauen von Yuril nach unten geschickt, als sie seine Benommenheit bemerkte.

Gegen Mittag flaute der Sturm kurz ab. Inzwischen wußten wir schon, daß es anschließend einen furchtbaren, neuen Ausbruch geben würde.

In der Stille hörten wir Stöhnen, Schreie und gackerndes Lachen, das vom Wind herangetragen wurde. Das Schiff begann, sich mit erschreckender Geschwindigkeit zu drehen. Es war schlimmer als alles, was wir bisher erlebt hatten.

Die Mannschaft stand fast hysterisch da und zeigte ins aufgewühlte Wasser. Ich sah nichts, aber sie erzählten von grausigen Dingen – grinsenden Fratzen, Klauenhänden und spitzen Hörnern –, die gegen das Schiff stießen, damit es sich um sich selbst drehte.

Yuril befahl ihnen laut, an ihre Posten zurückzukehren. Kapitän Nugeter selbst war ebenfalls kreidebleich vor Entsetzen, doch seines rührte nicht von Einbildungen her.

»Wir sind zu weit! Wir sind im Strudelring und nähern uns der See der Schrecken!« schrie er mit angstverzerrtem Gesicht. »An die Ruder! Werft den Anker! Fertigmachen –«

Seine Stimme ging in dem sich erhebenden Tosen fast unter. Ein roter Nebel erhob sich aus dem Meer, trieb über das Deck und drang durch die Ruderlöcher herein. Kleine, rote Blutteufel mit ledrigen, fledermausartigen Flügeln, gegabelten Schwänzen und gekrümmten Hörnern erhoben sich aus dem

Nebel und schwärmten die Masten hoch, um an der Takelage zu zerren und Seile zu lockern. Ihre Haut war dunkelrot wie das Blutmeer selbst, ihre langen Zähne glänzten weiß.

Mit ihrem Gekicher, Geschrei und Getobe entfesselten sie eine Panik auf dem Schiff.

Einige Männer rannten los, um gegen die Männchen zu kämpfen, doch der Kapitän rief ihnen zu: »Ihr Dummköpfe, das sind Illusionen!«

Illusionen, na gut, aber im nächsten Augenblick sah ich, wie zwei von ihnen einen Seemann packten und über Bord warfen.

Ich konnte Raistlin ausmachen, der auf der Treppe zu unseren Kabinen stand. Er senkte den Kopf, bewegte die Hände und murmelte einen Spruch. Zu meinem Erstaunen verschwanden die Klabautermänner, obwohl der rote Nebel blieb. Gleich darauf war der junge Magier nicht mehr zu sehen. Kaum einer hatte mitbekommen, was er getan hatte.

In der Zwischenzeit brach der Sturm mit aller Wucht wieder los.

Flint kämpfte sich zu mir durch. So entsetzt hatte ich ihn noch nie erlebt. »Was sollen wir machen?« schrie er.

Einen Augenblick lang war ich unsicher. »Da!« schrie ich. Wir sahen, wie sich Yuril mit ein paar anderen Seeleuten abmühte, den schweren, klauengleichen Anker zu lösen, was durch den heftigen Wind und den Regen um so schwieriger war. Wir liefen hin und landeten neben Kirsig, die sich zu einem Grinsen zwang, als sie ihre ganze Kraft in die Arbeit einbrachte.

Ich merkte, wie unter uns die Ruder zu ziehen begannen, aber ich hörte auch, wie einige von ihnen in der Wucht der Strömung und der Wellen zerbrachen.

Das Schiff tanzte wild hin und her. Einige von uns, einschließlich mir, fielen aufs Deck.

»Jetzt!« rief Kapitän Nugeter.

Nachdem wir wieder standen, gelang es uns, den Anker über die Seite zu hieven. Das dicke Seil spulte sich so schnell ab, daß einer der Matrosen einen Eimer Wasser darüber ausleerte, damit es sich nicht entzündete. Minutenlang sackte es in blutrotes Wasser und erreichte fast das Ende des Rads, ehe es endlich den Grund traf.

Erstaunt rief Yuril aus: »Noch nie habe ich von einer solchen Tiefe gehört!«

Wie Kapitän Nugeter erwartet hatte, stabilisierte der Anker das Schiff kurzfristig. Aber wegen des Winds und des Sturms zerrte die Castor am Ankerseil und drohte es durchzureißen.

Flint stand daneben und hielt eines seiner kurzen Beile bereit. Als Kapitän Nugeter »Jetzt!« schrie, schlug der Zwerg zu und durchtrennte das Ankertau mit einem sauberen Hieb. Die Spannung des Seils war so stark, daß das Schiff jetzt praktisch mehrere hundert Fuß durch die Luft sprang und so dem Sog entkam.

Zur selben Zeit waren Yuril und ich bei den Matrosen auf dem Achterdeck angelangt, die die Extraruder bereithielten.

Gerade als das Schiff herunterkrachte und bevor es wieder in der Strömung gefangen werden konnte, ließen wir die neu gebauten Ruder los. Bei einem Blick über die Seite konnte ich sehen, wie sie ins Wasser fielen und wie Delphine hinter dem Schiff hertanzten.

»Jetzt!« schrie Kapitän Nugeter wieder über das Toben des Sturms.

Ich merkte, wie die Rudermannschaft mit vereinten Kräften pullte, und diesmal sauste das Schiff aus eigener Kraft in nordöstliche Richtung. Indem jeder verfügbare Seemann und jede Frau an den Rudern saß, hielt die Mannschaft die Castor auf Kurs Nordost und schob sie weiter und weiter vom gefährlichen Kern des Blutmeers weg.

SIEBTER UND ACHTER TAG

Das Schlimmste war vorbei. Jetzt hielten wir über Feuerwasser auf Mithas und Karthay zu. Die Seeleute feierten ihren Sieg über den Mahlstrom. Seltsam wild sahen sie aus mit ihren salzverkrusteten Lippen und den Tangfetzen in den Haaren.

Kapitän Nugeter ließ jedem von uns eine Ration Brandy als eine Art Belohnung zukommen.

Das Schiff hatte überraschend wenig Schaden genommen, wenn man bedachte, welch eine Schlacht wir hinter uns hatten. Ein Mast und eine Reihe Ruder waren gebrochen. Teile, die der Sturm herumgeweht hatte, hatten einige Segel zerfetzt, obwohl sie aufgerollt gewesen waren. Kirsig machte sich beim Nähen nützlich, und auch ich kenne mich damit etwas aus. Gemeinsam flickten wir die Segel. Die Männer rissen sich gerne ihre Hemden vom Leib, um grobe Flicken zu liefern.

Ein paar Matrosen durchstreiften das Schiff und kümmerten sich um Lecks, die aber alle harmlos waren.

Flint setzte sich in den Kopf, einen Ersatzanker zu bauen, der reichen mußte, bis die Castor *wieder einen Hafen anlief. Nachdem er Bleistücke und anderes weiches Metall aus dem Schiff zusammengesucht hatte, schmolz er alles in einem riesigen Topf zusammen und konnte es zu einem gesprenkelten Senkgewicht hämmern, das Yuril zufriedenstellend fand. Der neue Anker wurde an die Stelle des alten gelegt.*

Die Wellen waren weiterhin hoch und stürmisch. Das Wasser hatte sich nur leicht geklärt; es hatte immer noch jene beunruhigende, rostrote Farbe. Obwohl es harte Arbeit war, die Castor *zu reparieren und auf Kurs zu halten, fühlten wir uns alle sehr erleichtert.*

Wir hatten starken Rückenwind. Über uns schien eine Sonne, die täglich heißer wurde. Am Himmel bildete sich Dunst, der nicht weichen wollte.

ACHTER TAG: ABEND

Raistlin ist über Tag in seiner Kabine geblieben und läuft nachts an Deck auf und ab. Flint und ich haben festgestellt, daß er uns nicht alles gesagt hat, was ihn beschäftigt.

Heute nacht, es war eine schwarze, sternenlose, bedrückende Nacht, fand ich ihn auf dem Vorderdeck, wo er stand und in die unruhige See hinausstarrte. Als er mich hinter sich hörte, drehte er sich um und schenkte mir ein leises Lächeln – wenig ermutigend, aber ausreichend für mich, seine Andacht kühn zu unterbrechen.

»Du mußt dich sehr um Caramon sorgen«, fing ich freundlich an.

Zu meiner Überraschung zog der junge Magier eine Augenbraue hoch, als läge ihm dieser Gedanke völlig fern. »Caramon«, sagte er zu mir mit seiner üblichen Schroffheit, »kann für sich selber sorgen. Wenn er nicht in der Straße von Schallmeer umgekommen ist, bin ich ziemlich sicher, daß wir ihn irgendwo in diesem verwünschten Teil von Krynn finden werden. Es ist wahrscheinlicher, daß er uns rettet, als daß wir ihn retten.«

»Aber ich dachte«, setzte ich an, »wir hätten den ganzen Weg zurückgelegt, weil du glaubst, daß er von Minotauren gefangengenommen wurde.«

»Ja... teilweise«, sagte Raistlin. Er wollte etwas anderes sagen, hielt dann inne, vielleicht um seine Gedanken zu sammeln, vielleicht um einfach den Mantel enger um sich zu schlingen und die nächtliche Kälte abzuhalten. »Aber«, fuhr er kurz darauf fort, »es gibt wichtigere Dinge zu bedenken als das Schicksal meines Glückspilzes von Bruder. Da wäre noch der Grund, warum er entführt wurde, und dann dieses seltene Kraut, die Jalopwurz.« Sein Tonfall war sehr ernst. In der Dunkelheit konnte ich seinen Gesichtsausdruck nicht erkennen.

Ich kam näher, weil ich ihm das Geheimnis entlocken wollte.

»Was also ist es, Raistlin?« fragte ich. »Welchem Zauber jagen wir über Tausende von Meilen hinweg nach?«

Er drehte sich zu mir um und musterte mich durchdringend. Er schien meine Frage erst zu überdenken, denn er ließ sich mit der Antwort Zeit: »Der Spruch, auf den ich gestoßen bin, kann nur von einem hohen Kleriker des Minotauren gesprochen werden. Es ist ein Spruch, der ein Portal öffnet und den Gott der Stiermenschen, Sargonnas, Diener der Takhisis, in die Welt einläßt.«

Jetzt war es an mir, schweigend zu überlegen. Als Magier glaubte Raistlin an die Götter des Guten, die Götter der Neutralität und die Götter des Bösen, deren höchste Göttin Takhisis war. Obwohl ich in meinem Leben sowohl Gutes als auch Böses gesehen habe, war ich mir wegen der Götter nicht so sicher wie der junge Magier. Sargonnas war ein Gott, über den ich wenig wußte.

Vielleicht merkte Raistlin meine Zurückhaltung, jedenfalls wandte er sich seufzend ab. »Das ist noch nicht alles«, sagte er. »Dieser Spruch kann nur bei bestimmten Konjunktionen von Mond und Sternen gesprochen werden. Es ist ausgesprochen umständlich, alles vorzubereiten. Das kann nur heißen, daß die Stiermenschen ein Ziel haben, das wichtig genug ist, um Sargonnas' Hilfe anzurufen. Morat glaubt – und ich stimme ihm zu –, es müsse sich um einen Plan für die Eroberung ganz Ansalons handeln.«

»Aber das würde den Minotauren doch nie allein gelingen, ganz gleich, wie viele sie sind oder wie gut organisiert«, wandte ich ein.

»Richtig«, sagte Raistlin. »Aber wenn sie nun Bündnisse mit unüblichen Verbündeten schließen – mit den bösen Rassen des Meeres oder den Ogern zum Beispiel?«

»Sie sind zu arrogant«, wehrte ich ab, »diese Rasse würde niemals Bündnisse schließen.«

»Das ist vielleicht nicht wahr«, sagte Kirsig, die aus den Schatten trat. Die Halbogerin hatte die Angewohnheit, sich an einen heranzuschleichen, aber Raistlin hegte eine merkwürdige Sympathie für sie und schien sich nicht an ihrer Gegenwart zu stören. Auch nicht an der offensichtlichen Tatsache, daß sie uns belauscht hatte.

»Das könnte einiges von den seltsamen Dingen erklären, die in den letzten paar Monaten in Ogerstadt vor sich gingen«, fuhr Kirsig fort.

»Was denn?« fragte Raistlin interessiert.

»Delegationen – ganze Geleeren – von Minotauren kamen zu Besuch, um mit den verschiedenen Ogerstämmen zu verhandeln. Das ist höchst ungewöhnlich. Ich habe noch nie zuvor von Freundschaft zwischen Ogern und Minotauren gehört. Normalerweise war es nämlich gerade umgekehrt: tödliche Feindschaft.«

»Verstehst du, was ich meine?« sagte Raistlin zu mir, als er sich umdrehte und die Hände um die Reling schloß. Er starrte auf das dunkle Wasser und den noch dunkleren Himmel. »Caramons Schicksal ist meine geringste Sorge!«

NEUNTER TAG

Am frühen Morgen dachte einer der Matrosen, er hätte im Wasser neben dem Schiff eine Bewegung gesehen. Alle waren auf der Hut, weil sie wußten, daß in diesen fremden Gewässern alles vorkommen konnte.

Gegen Mittag wurde das Tier wieder gesichtet – eine riesige, graue, schlüpfrige Form, die der Castor *zu folgen schien. Bei dem heißen, drückenden Wetter kamen wir nur langsam voran, und das Tier paßte sich unserer Geschwindigkeit an. Seine schlängelnden Bewegungen wirkten beinahe träge. Es blieb so tief unter der Oberfläche, daß wir nichts Genaues er-*

kennen konnten, außer, daß es etwa so groß und lang war wie das Schiff selbst.

Am späten Nachmittag hatte das seltsame Wesen uns bereits ein Dutzend Meilen weit verfolgt, ohne aufzutauchen. Diese Zurückhaltung machte uns gleichmütig. Einige Matrosen der Castor *waren unter Deck, während andere auf ihren Posten dösten, als das Ding plötzlich seinen Kopf hob und angriff.*

Ich war mittschiffs, als ich hochsah und einen langen, gekrümmten, schlangenartigen Körper erblickte, der sich auf uns stürzte.

Sofort wußte ich, was es war: Ein Nacktkiemer, eine Riesennacktschnecke des Meeres, die in dieser Gegend selten ist. Ich wich gerade rechtzeitig hinter eine Vorratskiste zurück, denn die Schnecke schlug mit ihrem aufgerissenen Maul aufs Achterschiff und spie gleichzeitig einen dicken Strom ätzenden Speichels aus.

Die Castor *schwankte. Jeder, der stand, stürzte hin, jeder, der schlief, schreckte hoch. Eine aus der Mannschaft hatte keine Zeit gehabt, der sauren Spucke auszuweichen. Sie schrie und wälzte sich auf dem Deck, weil der Schmerz unerträglich war. Ein anderer bemerkte den Nacktkiemer nicht rechtzeitig und wurde verschlungen.*

Wer den Angriff gesehen hatte, schrie um Hilfe, und die anderen kamen mit Waffen angerannt, die im Vergleich zu dem enormen Körper des Nacktkiemers lächerlich winzig aussahen. Kapitän Nugeter rannte von unten herauf und schrie Befehle. Yuril hatte am Ruder gestanden. Jetzt hockte sie neben mir und starrte das Ungeheuer entsetzt an.

Unter unseren Augen hob die Riesenschnecke ihren häßlichen, tentakelbewehrten Kopf so hoch, daß wir ihren tödlich weißen Unterleib sehen konnten, und warf sich dann aufs Deck. Sie benutzte ihren Körper wie einen Rammbock. Holz splitterte in alle Richtungen auseinander. Der Nacktkiemer war halb an Deck, halb in der See. Das Schiff legte sich gefährlich schief.

Minutenlang tauchte der Kopf der Riesenschnecke unter Deck, wo wir ihn nicht sehen konnten. Grauenhafte, schlürfende Geräusche und die Schreie der Seeleute, die in ihrem Quartier gefangen waren, zeigten, in welchem Blutrausch das Tier schwelgte.

»Flint!« schrie ich plötzlich.

»Pst!« sagte der Zwerg. »Ich bin genau hinter dir.«

Das war er, und Raistlin und Kirsig auch. Alle sahen staunend zu, wie die Riesenschnecke wieder den Kopf hob und noch einmal aufs Schiff knallte. Das Deck kippte steil nach oben. Mit jedem Angriff des Nacktkiemers neigte sich die Castor bedenklicher.

»Sie frißt sich durch das Schiff«, sagte Raistlin.

»Die fressen alles«, sagte Yuril, »Pflanzen, Aas, Müll – alles.«

Vor unseren Augen sprang eine dunkelhaarige, kurzhaarige Frau aus der Mannschaft mit einem Angriffsschrei auf den Rücken der Riesenschnecke und stach mit ihrem scharfen Schwert zu. Aber die Nacktschnecke hatte eine dicke, gummiartige Haut, und die ansehnliche Klinge verursachte kaum eine Wunde. Der Nacktkiemer unterbrach seinen Angriff auf die Castor und brachte mit erstaunlicher Geschmeidigkeit seinen Kopf herum, packte die tapfere Matrosin mit dem Mund, zerfleischte sie und warf ihren Körper dann viele hundert Schritt weit in den Ozean.

Ohne einen besonderen Plan stürmten Flint, Kirsig, Yuril und ich auf das Tier ein und stachen zu. Wir landeten nur ein paar harmlose Treffer. Andere Seeleute schlossen sich uns an. Die Riesenschnecke drehte und wand sich und warf dabei mehrere Seeleute zu Boden und bedeckte einen mit ihrem ätzenden Speichel. Wir konnten sie eigentlich nur beschäftigen und uns Mühe geben, außerhalb ihrer Reichweite zu bleiben.

Ich sah, daß Raistlin am anderen Ende des Schiffs an etwas arbeitete. Er drehte sich um und rief nach Flint.

Der Zwerg eilte zu ihm hin: Gemeinsam bückten sie sich und begannen, etwas zu uns und zu der Riesenschnecke zu zerren. Als noch zwei Matrosen hinliefen, verließ Raistlin Flint und rannte zum Ruder, wo Kapitän Nugeter damit beschäftigt war, das schief liegende Schiff unter Kontrolle zu behalten.

Raistlin beriet sich kurz mit Nugeter, welcher dem jungen Zauberer zunickte.

Jetzt konnte ich sehen, daß Flint und die Seeleute den Anker auf uns zu schleppten. Kirsig, Yuril und ich liefen hin, um ihnen beim Hochheben zu helfen. Dann warfen wir ihn auf ein Zeichen von Flint zum Kopf der Riesenschnecke.

Wie Raistlin gehofft hatte, machte der Nacktkiemer – der nicht für seine Intelligenz bekannt ist – den Mund weit auf für das, was wir in seine Richtung stießen. Im letzten Moment ließen wir los und eilten in Sicherheit.

Ein fast überraschter Ausdruck glitt über das rudimentäre Gesicht der Schnecke, als Kapitän Nugeter das Ruder scharf herumwarf und von ihr fortsteuerte. Durch die plötzliche Bewegung rutschte sie vom Deck zurück in die See. Flints Anker zog sie rasch in die Tiefe, bis wir nichts anderes mehr von ihr sahen als die Luftblasen, die an die Oberfläche blubberten.

Nach dem Angriff mußte die Castor dringend repariert werden. Drei Matrosen waren tot, woran uns nur die Blutflecken auf dem Deck erinnerten, und Flint mußte sich an die Arbeit machen, einen weiteren Anker aus Metallresten herzustellen.

ZEHNTER TAG

Kapitän Nugeter sagt, wir sind nur noch einen halben Tag von der Küste von Karthay entfernt, selbst bei dem langsamen

Tempo, das wir jetzt vorlegen müssen. Die Castor *ist ein halbes Wrack. Nur pausenloses Rudern hält uns über Wasser, was für die Mannschaft, die nach all den Ereignissen halbiert ist, sehr anstrengend ist. Flint, Raistlin, Kirsig und ich helfen aus.*

Obwohl die Reise über das Blutmeer an Geschwindigkeit jede Hoffnung erfüllt hat, sagt der Kapitän, daß er nicht sicher ist, ob der Preis den Schaden an seinem Schiff und die Verluste seiner Mannschaft ausgleicht.

»Ich werde nicht versuchen, in Karthay zu landen«, hat Kapitän Nugeter erklärt. »Ich gehe kein weiteres Risiko ein. Ich gebe euch ein kleines Boot, in dem ihr an Land rudern könnt. Damit könnt ihr euch noch glücklich schätzen.«

Trotz Kirsigs besten Überredungskünsten weigert sich Kapitän Nugeter, von dieser Haltung abzurücken.

Raistlin hat ihm den doppelten Preis gezahlt und ihn nicht wegen der Landung bedrängt. Der Kapitän hat seinen Teil der Abmachung mehr als erfüllt, meint Raistlin, und hat sich bei ihm bedankt.

Kirsig hat die Absicht geäußert, uns zu begleiten. Flint hat versucht, es ihr auszureden – vergeblich. Sie besteht darauf, daß sie ihren »hübschen Zwerg« nicht verlassen will.

Überraschender ist, daß Yuril verkündete, daß sie auch Lust hatte, sich uns anzuschließen. Kapitän Nugeter stritt heftig mit ihr, jedoch erfolglos. Yuril sagt, sie verdankt uns ihr Leben – mindestens zweimal –, und sie will uns helfen, unsere Aufgabe zu erfüllen. Der Kapitän wirkte ebenso traurig wie wütend über diese Entscheidung. Nicht zum ersten Mal kam es mir so vor, als ob diese beiden füreinander einmal mehr als Kapitän und Steuermann waren.

Drei Matrosinnen, die alle mehr Yuril als Kapitän Nugeter ergeben waren, sagten, auch sie würden mitkommen.

Damit sind wir acht, und der wütende Nugeter mußte uns zwei kleine Boote zusagen.

Kapitel 2

Der böse Kender

Der Trank wirkte wunderbar. Tolpan Barfuß hatte sich eindeutig in einen bösen Kender verwandelt. Daran konnte kein Zweifel bestehen. Von seinem früheren Haarknoten bis hinunter zu den Zehen war Tolpan durch und durch böse.

Die Minotaurenwachen waren sich nicht so sicher, ob sie Tolpan nicht lieber gemocht hatten, wie er vorher gewesen war, ehe Fesz, der Minotaurenschamane und hohe Gesandte des Nachtmeisters, ihm den Trank verabreicht hatte, der seine Kendernatur verdreht hatte.

Natürlich konnte man sie nicht mehr Tolpans Wachen nennen, jedenfalls nicht mehr im Wortsinn. Nachdem Tolpan vor Bösartigkeit strotzte, hatte man ihn vom Gefangenen zum Ehrengast des Minotaurenkönigs befördert. Er wurde in einem der oberen Stockwerke des Palasts in einem geräumigen, mit Plüsch ausgestatteten Zimmer untergebracht, von dessen Balkon aus er die unten liegende, schäbige Stadt Lacynos überblicken konnte.

Auf der anderen Gangseite lag ein weiteres, noch schöneres und geräumigeres Zimmer für Ehrengäste, das für Fesz reserviert war. Dieser mußte nämlich in Tolpans Nähe bleiben, um ihre noch junge Freundschaft zu festigen. Aus diesem Grund unterhielt er sich häufig mit Tolpan.

Eine kleine Anzahl Minotaurenwachen stand immer noch vor Tolpans Zimmer im Gang. Ihre Anweisung lautete, zu verhindern, daß Tolpan sein Zimmer ohne Erlaubnis und Eskorte verließ, doch sie waren auch angewiesen, sich nicht wie Wachen zu verhalten. Statt dessen sollten sie freundlich sein und die Wünsche des Kenders erfüllen, und sie wagten es tatsächlich nicht, dagegen aufzubegehren.

Der böse Kender war zehnmal so lästig wie der gute zuvor – das heißt, falls jemand Tolpan überhaupt jemals als »gut« bezeichnet hätte. Schlimmer als lästig, so die einhellige Meinung der Minotaurenwachen. Tolpan war von Grund auf – tja, böse.

Da er die Wachen nach Belieben herumkommandieren konnte, sorgte Tolpan dafür, daß sie ordentlich damit zu tun hatten, jeder seiner Launen nachzugehen. Und Tolpan fiel offenbar eine Menge ein, jede Minute des Tages etwas Neues.

In seiner Bosheit hatte Tolpan beschlossen, daß er dreimal am Tag zu genau festgelegten Zeiten ein heißes Bad nehmen wollte. Selbst für die minotaurischen Wachen war es harte Arbeit, die Bäder vorzubereiten und dreimal täglich die Eimer mit heißem Wasser die vielen Stufen zu den besten Gästezimmern hochzuschleppen.

Und Gnade ihnen ihr Gott, wenn das Wasser nicht heiß genug war. In diesem Fall bekam Tolpan einen schrecklichen Wutanfall, schlug ihnen den leeren Eimer auf den Kopf oder stach mit einer Vorhangstange – der besten Stichwaffe, die er zur Verfügung hatte – nach ihren Augen. Oder er beschimpfte sie mit einem erstaunlichen Schwall von Beleidigungen. Manche der Wachen konnten sich kaum noch beherrschen, weil sie Beleidigungen und Befehle von einem Kender hinnehmen mußten. Aber sie nahmen sie hin, und nach dem Schlagen und Stechen und Beschimpfen mußten sie gewöhnlich hinausschleichen und von vorn beginnen und beten, daß das Badewasser dieses Mal heiß genug sein würde.

Weil Tolpan sich ein bißchen langweilte, da er den lieben, langen Tag in seinem Gästezimmer hocken mußte, beschloß er, daß der Raum renoviert und in schöneren Farben gestrichen werden sollte. Das anfängliche Mattweiß gefiel ihm nicht, aber es fiel Tolpan sehr schwer, genau zu sagen, welche Farbe oder welche Farben der Raum haben sollte.

Zunächst befahl er zwei Wachen, sein Zimmer mit einem kräftigen Indigoblau zu streichen – bis Sonnenuntergang. Als er hinterher das kräftige Indigoblau anstarrte, das Boden, Decke und Wände bedeckte, schlief Tolpan fast ein. Also entschied er, daß kräftiges Indigoblau einen Hauch zu einschläfernd sei.

Er befahl denselben beiden Wachen, den Raum mit hellem Karmesinrot zu streichen – bis Sonnenuntergang des nächsten Tages. Die Wachen fluchten und murrten, besonders weil Tolpan nach ihnen stach, ihre Köpfe tätschelte und sie beschimpfte, während sie ackerten, damit sie zur festgelegten Zeit fertig würden.

Das helle Karmesinrot hielt den Kender bei Nacht hellwach. Also beschloß Tolpan, daß der Boden karmesinrot bleiben könnte, wenn man ein paar Teppiche darauf legte – bei Nacht würde er vom Boden sowieso nicht viel sehen –, doch die Wände müßten eine ordentliche Farbe wie Orange haben, während die Decke eine richtig böse Farbe wie Mitternachtsschwarz bekommen sollte.

Weil die beiden Minotaurenwachen ihre Sache bei den ersten beiden Malen so gut – oder auch so schlecht – gemacht hatten, wurden sie nochmals ausgewählt, Tolpans Zimmer neu zu streichen.

Alle Minotaurenwachen beschwerten sich untereinander bitterlich über Tolpan. Warum oder wann auch immer sie das Zimmer des Kenders betraten, höchstwahrscheinlich traf sie ein Wurfgeschoß, oder sie wurden von hinten gepiekst, oder sie stolperten über einen Draht, der quer durchs Zimmer gespannt war. Beleidigungen – die schlimmsten Beleidigungen, die Tolpan sich ausdenken konnte, nämlich Vergleiche mit dummen Kühen und Hornochsen – ergossen sich ununterbrochen über sie. Das Essen wurde zurückgewiesen und ihnen ins Gesicht geworfen.

Dogz, der einzige Minotaurus, dem es gelang, weder gestochen noch beleidigt zu werden, erinnerte sich traurig daran, wie nett der gute alte Tolpan gewesen war, ehe er böse geworden war.

»Tolpan Barfuß ist ein geschätzter Gefolgsmann des Nachtmeisters«, hatte Fesz erklärt. Und die Minotaurenwachen wagten keine Widerrede.

Für Fesz war Tolpans feindseliges, aggressives Verhalten der eindeutige Beweis, daß der Kender böse geworden war. Und falls sein boshaftes Verhalten nicht Beweis genug war, darüber hinaus hatte Tolpan höchst bereitwillig Fesz eine Menge über diesen dünnen, intelligenten Zauberer aus Solace erzählt, der ihn nach Südergod geschickt hatte, um von einem kräuterkundigen Minotauren das seltene Jalopwurzpulver zu kaufen.

Tolpan erzählte Fesz auch alles über seine guten Freunde,

Flint und Tanis, den Halbelfen und seinen Onkel Fallenspringer, und wie er, Tolpan, beinahe mal mit einer Hand ein Wollmammut gefangen hätte. Er erzählte ihm von Sturm und Caramon, den Armen, deren Leichen inzwischen bestimmt am Grunde des Blutmeers von den Fischen gefressen wurden. Ein Glück, daß er die blöden Kerle los war, denn sie waren ehrenhaft und rein gewesen und hätten nicht in die neuen Anschauungen des Kenders gepaßt, denen zufolge die Welt dazu da war, überrannt, zerquetscht und erobert zu werden.

Der Kender redete richtig gern von seinen Freunden – »Exfreunden«, wie er sich manchmal korrigierte. Besonders gern redete er über den Zwerg, Flint Feuerschmied. Er redete so gerne über Flint, daß Fesz manchmal einen Arm um den Kender legen und ihn behutsam zu dem Thema Raistlin Majere zurücksteuern mußte, dem Feind der Minotaurenrasse und deshalb, wie Fesz ihn erinnerte, dem Feind von Tolpan.

Raistlin Majere war es, der Fesz am meisten interessierte. Dieser Mensch, der Zauberer werden wollte und der das Jalopwurzpulver gewollt hatte, weil er in einem alten Schriftstück auf einen Zauberspruch gestoßen war.

»Oh, Raistlin ist sehr schlau, ehrlich«, erzählte Tolpan Fesz. »Ein ziemlich guter Zauberer, wenn man bedenkt, daß er die Prüfung noch nicht abgelegt hat, aber frag' mich nicht, was die Prüfung ist, denn das ist etwas höchst Geheimes, und auch wenn ich mehr darüber weiß als fast jeder andere, verknote ich mir die Zunge, wenn ich nur versuche, es zu erklären. Falls Raistlin herausgefunden hat, wo die Jalopwurz hin ist – also wo ich bin, hier in der Minotaurenstadt –, dann ist er bestimmt schon auf dem Weg hierher. Er will das Pulver bestimmt wiederhaben, und wahrscheinlich will er mich auch retten – hah! Bestimmt kommen Tanis und Flint auch mit. Mann, Flint wird einen Riesenspaß daran haben, wie böse ich bin, bis ich ihn umbringe!

Aber du hast recht, Fesz. Die eigentliche Gefahr ist Raistlin. Ich glaube, wir beide sollten uns lieber ausdenken, wie wir ihn fangen und würgen und erstechen. Und dann können wir vielleicht noch etwas richtig Böses mit seinem toten Körper anstellen, zum Beispiel – ich weiß nicht. Du hast mehr Erfahrung als ich in solchen Dingen. Was schlägst du vor?«

Wenn der Kender wirklich aufgeregt war – wie jetzt –, lief er im Kreis und wippte dabei mit einem unmißverständlich breiten, bösen Grinsen hin und her. Dann war Fesz hochzufrieden. Außerdem war das gewöhnlich die passende Zeit, dem Kender eine neue Dosis von dem Trank zu verabreichen, der ihn böse bleiben lassen würde, solange Tolpan ihn einnahm.

Tolpan war jetzt schon eine Woche ausgesprochen böse. Fesz hatte alles aufgeschrieben, was Tolpan bezüglich Raistlin und der Jalopwurz gesagt hatte, und das Wesentliche davon über den Kanal zum Nachtmeister auf der Insel Karthay geschickt. Obwohl der Kender böse war, war er trotzdem von unersättlicher Neugier erfüllt. Er bettelte Fesz an, ihm zu verraten, wie er sich mit dem Nachtmeister verständigen konnte.

Eines Nachmittags, als der Schamane einigermaßen väterliche Gefühle Tolpan gegenüber verspürte, nahm er den Kender in sein Zimmer mit, um ihm zu zeigen, wo er wohnte.

»He, wie kommt es, daß du einen größeren Raum hast als ich?« fragte Tolpan, der sich beleidigt umschaute. »Du hast auch schönere Bilder und größere Fenster – und zwei Fenster! Ich mag die Farben, die du dir ausgesucht hast – ein einfaches Braun mit Dunkelgrün kombiniert, wie Bäume und Blätter. Erinnert mich nämlich an einen Wald. Diese blöden Minotaurenwachen haben mich mit dem Rot und Blau und Orange ganz durcheinandergebracht. Wenn ich zurückgehe, werde ich ihnen aber meine Meinung sagen!«

Fesz legte den Arm um den zutiefst gemeinen Kender, dem er sich mehr und mehr verwandt fühlte, und führte ihn zum

Fensterbrett. Auf dem Fensterbrett stand ein großes, rundes Glas mit ungewöhnlich umfangreichen Bienen mit ausgesprochen langen Stacheln. Laut summend flogen sie im Glas herum.

»Diese äußerst intelligenten Bienen bringen meine Botschaften zum Nachtmeister«, sagte Fesz eindringlich, während er Tolpans Reaktion beobachtete. »Sie können weite Entfernungen überwinden und Nachrichten telepathisch übermitteln. Natürlich«, er zwinkerte Tolpan verschlagen zu, »kann man sie auch für gemeinere Zwecke verwenden, aber am nützlichsten sind sie als schnelle, zuverlässige Nachrichtenüberbringer.«

Zum ersten Mal im Leben war Tolpan sprachlos. Sein Kiefer klappte herunter. Von solchen Tieren hatte er auf all seinen Reisen noch nie gehört.

Schwungvoll schraubte der Schamane den Deckel ab und ließ die Bienen in die Luft steigen. Sie sammelten sich kurz dicht über dem Glas, ehe sie sich zum Schwarm formierten und in östlicher Richtung davonsummten.

»Hui!« rief Tolpan aus. »Als ich aus Südergod zurückkam, habe ich Raistlin eine magische Botschaft geschickt – deshalb weiß er wahrscheinlich, wo wir sind –, aber ich hatte bloß diese blöde, alte Flasche, die ich in den Ozean werfen mußte, und wer weiß, ob sie nicht auf den Grund des Meeres gesunken ist? Wenn ich solche Bienen gehabt hätte, hätte ich... aber wo hätte ich sie aufbewahrt? Ich glaube nicht, daß es eine gute Idee ist, sie in meinem Rucksack mitzunehmen, denn wenn das Glas zerbricht, dann –«

Erfreut über den unablässigen Redefluß von seiten des Kenders schrieb Fesz diese neueste Mitteilung auf, während Tolpan weiterbrabbelte. Das würde in seinen nächsten Bericht an den Nachtmeister kommen.

Bis jetzt hatte der Minotaurenschamane eine ziemlich genaue Beschreibung von Raistlin Majere und dem Halbelfen und dem Zwerg, die ihn wahrscheinlich begleiten würden. Er hatte eine Vorstellung von den Schwächen des jungen Magiers. Verkleidete Meuchelmörder – Minotauren wären zu auffällig – würden nach Solace geschickt werden, falls Raistlin noch dort sein sollte. Aber wenn Raistlin schon auf dem Weg zu den Minotaurischen Inseln war, wäre der Nachtmeister vorgewarnt und bereit. Dieser Raistlin war keine wirkliche Drohung, dessen war Fesz sich sicher. Aber es konnte nichts schaden, wachsam zu sein.

Am achten Tag nach der Verwandlung des Kenders zum Bösen betrat Fesz Tolpans Zimmer. Er sah verwirrt aus. Er trug ein Pergament mit einer Nachricht, die er selbst niedergeschrieben hatte. Es war eine Botschaft vom Nachtmeister, die die superintelligenten Bienen Fesz gebracht hatten.

Da Tolpan immer glücklich war, seinen Freund zu sehen, hüpfte er herum, um ihn mit dem Begrüßungsritual zu empfangen, das er sich ausgedacht hatte. Dann riß er dem Schamanen die Botschaft aus der Hand:

> *Haben an der Küste eine einzelne Frau gefangengenommen. Sie ist gut bewaffnet, offenbar eine Kriegerin. Sie weigert sich, mir ihren Namen zu sagen oder wie und warum sie hierhergekommen ist. Wir halten sie fest. Ich vermute, daß sie diejenige ist, auf die wir gewartet haben. Frag den Kender, ob er weiß, wer sie sein könnte.*
>
> *Der Nachtmeister*

»Die Bienen haben heute diese Nachricht gebracht«, sagte Fesz, der seine Stierstirn nachdenklich in Falten legte. »Hast du eine Ahnung, wer diese Frau sein könnte?«

Tolpan mußte nicht sehr lange darüber nachgrübeln. »Oh, das muß Kitiara sein!« rief er aus. »Obwohl ich keine Ahnung habe, wie sie so schnell nach Karthay gekommen ist.«

»Wer ist Kitiara?«

»Kitiara Uth Matar«, sagte Tolpan. »Habe ich dir noch nichts von ihr erzählt? Tja, ich vergesse sie meistens, weil sie nur Raistlins Halbschwester ist. Ich will nicht witzeln, aber wenn sie jetzt hier ist, kann das nur heißen, daß Raistlin sie verständigt hat, also kann er auch nicht weit sein...«

Fesz kritzelte alles mit, so schnell er konnte.

Fesz und Tolpan wurden so gute Freunde, daß sie sich manchmal am späten Nachmittag in einen Karren, der von Menschensklaven gezogen wurde, setzten und verschiedene Stellen in Lacynos besichtigten. Diese freundschaftlichen Ausflüge versetzten Tolpan immer in gesprächige Stimmung, wie Fesz feststellte – nicht, daß dazu viel vonnöten gewesen wäre. So erfuhr der Minotaurenschamane immer mehr über den künftigen Zauberer Raistlin.

Natürlich folgten den beiden immer eine oder zwei Minotaurenwachen, die ein Stück zurückblieben. Nicht nur aus Achtung vor dem Protokoll, sondern weil sie nicht wollten, daß Tolpan Steine nach ihnen warf oder ihnen anderweitig zusetzte.

Durch diese Ausflüge lernte Tolpan die ganze Stadt kennen. Besonders gefielen ihm die bösen, stinkenden Orte wie die Sklavengruben und die Arena für die Spiele.

Rund um die Stadt lagen zahlreiche Sklavengruben. Es waren tiefe Löcher, die in den Boden gegraben worden waren, um als primitive Unterkunft für die vielen tausend Sklaven zu dienen, die tagtäglich ihre Arbeit in Lacynos verrichteten. Tagsüber bewohnten nur jene Sklaven – meist etwa hundert – diese Gruben, die zu krank oder zu jung zur Arbeit waren. Diese Zahl wuchs bei Nacht auf etwa siebenhundert pro Grube an, wenn die Sklaven, die nach dem harten Tagwerk noch am Leben waren, zurückkehrten.

Die Ränge der Sklaven setzten sich hauptsächlich aus Gefangenen der minotaurischen Piraten zusammen, die von berufsmäßigen Sklavenhändlern verkauft wurden. Manche waren auch für ihre Verbrechen eine Zeitlang eingelocht. Hin und wieder gab es einen unglückseligen Elfen oder einen entehrten Minotaurus, aber keinen Kender. Tolpan stellte fest, daß Menschen in Lacynos eine unterdrückte Rasse waren.

Dutzende von Minotaurenwachen standen um den Rand jeder Grube herum. Der einzige Zugang war eine breite Rampe, über welche die Sklaven zu sechst oder zu siebt nebeneinander jeden Morgen heraufmarschierten und abends wieder hinunter. Zum Schutz vor Aufständen war die Grube von mehreren Stützmauern umgeben. Diese konnten zum Einsturz gebracht werden, woraufhin sich tonnenweise Erde über den rebellierenden Mob ergießen würde.

Von einer Sklavengrube, die Tolpan besichtigte, war er sehr beeindruckt. Er lobte ihren genialen Aufbau und stellte viele Fragen.

»Falls ich je nach Solace zurückkehre«, erklärte er Fesz, fügte aber schnell hinzu, »nicht, daß ich das wirklich möchte, denn ich amüsiere mich hier in Lacynos wirklich prächtig. Aber falls ich je nach Solace zurückkehre, wäre es doch eine prima Idee, so eine Sklavengrube wie die hier mitten in der Stadt anzulegen. Ihnen allen eine Lektion erteilen. Natürlich liegt Solace oben in den Baumkronen, und rein praktisch gesehen weiß ich nicht recht, ob man oben in den Bäumen eine Grube einrichten kann. Das wäre ein kleineres Problem, an dem ich noch arbeiten muß. Aber diese Sklavengruben gefallen mir wirklich gut!«

Der Kender stand auf einem Laufgang und beobachtete gerade eine Gruppe Sklaven, von denen einige offenbar krank oder verwundet waren, denn sie lagen zusammengekrümmt auf dem Boden. Andere schubsten und prügelten sich. Er sah einen breitschultrigen Menschen mit zerfetzten solamnischen Kleidern, der sich stolz einen Weg durch die Bewohner bahnte. Am anderen Ende der Sklavengrube sah er eine Klerikerin, die sich kniend um einen der am Boden liegenden Sklaven kümmerte.

Eine der Minotaurenwachen kam zu nahe, und Tolpan hob den Ellbogen, wodurch er ihn versehentlich über das Geländer stieß. Der Minotaurus stürzte fünfzig Fuß tief in die Grube. Die Sklaven stoben auseinander, als er heruntersauste und mit einem ekelhaften Krachen aufkam.

»Huch! Verzeihung«, sagte Tolpan, der Fesz treu anschaute. »Ich hatte mich bloß gerade gefragt, wie es sich wohl anhört, wenn ein Minotaurus nach so einem langen Sturz auf dem Kopf landet.«

Der nachsichtige Fesz erwiderte das böse Lächeln des Kenders.

Die Arena ihrerseits war architektonisch phantastisch, auch wenn die Spiele für Tolpans Geschmack als Unterhaltung ein wenig langweilig waren. Tausende von Sklaven hatten unter der Peitsche geschuftet, um das riesige, steinerne Gebäude mit den hohen Mauern, den eindrucksvollen Eingängen und den bequemen Zuschauerreihen zu errichten. Viele tausend weitere waren bei den barbarischen Wettkämpfen auf der gestampften Erde der Arena umgekommen, die alle zwei Monate stattfanden und alle Einwohner der Stadt anzogen. Die Minotauren waren ganz versessen auf ihren Nationalsport: zuzusehen, wie zwei Gladiatoren zum Kampf auf Leben und Tod gegeneinander antraten.

Tolpan und Fesz verbrachten einen sonnigen Nachmittag in einer Privatloge, die für den König und seine Gäste reserviert war. Die Loge lag direkt gegenüber der Eingangsrampe, die von den Katakomben heraufführte, welche als Warteraum für die Gladiatoren dienten.

Menschenpack kämpfte gegen Menschenpack. Beide Kämpfer trugen enge Kleider und grausame Waffen. Beide waren schnell und stark.

Tolpan konnte sie partout nicht auseinanderhalten. Er konnte kaum seine müden Augen offenhalten, als ihr unbarmherziger Zweikampf scheinbar stundenlang andauerte.

Jubelnde, kreischende, höhnische Minotauren und Menschenpiraten füllten das Kolosseum bis zum letzten Platz. Es war eine festliche Atmosphäre. Manche der Stiermenschen wurden von Frauen und Kindern begleitet. Jeder jubelte dem zu, auf den er gewettet hatte.

Einer der Gladiatoren war dem Angriff des anderen ausgewichen, schlug ihm seinen Schild ins Gesicht und stieß sein Langschwert durch seinen Hals. Das Publikum grölte und verlangte, daß der Verlierer geköpft werden sollte. Der siegreiche Mensch gehorchte. Dann stolzierte er in der Arena herum und unterhielt die Menge, indem er den bluttriefenden Kopf nach oben hielt.

»Überhaupt«, gähnte Tolpan, »da fällt mir etwas ein. Ich hätte wirklich gern meinen Hupak wieder. Das ist meine einzige richtige Waffe, und außerdem ist er für mich von persönlichem Wert.«

»Wo ist denn dein Hupak?« knurrte Fesz fürsorglich.

»Er war an meinem Rucksack«, erklärte Tolpan, »bis alles, was ich hatte, beschlagnahmt wurde. Ich hätte ihn wirklich gern zurück.«

»Hättest du nicht auch gern den ganzen Rucksack zurück?« fragte Fesz.

»Na klar.«

Den ganzen nächsten Tag verbrachten sie in der Werft. Tolpan fand das sehr interessant. Er konnte deutlich erkennen, daß sich die Minotauren eifrig auf einen großen Krieg oder so etwas vorbereiteten. Überall lag stapelweise Bauholz. Hunderte von Menschensklaven, die von grimmigen, waffenstarrenden Minotauren beaufsichtigt wurden, rannten eifrig wie Ameisen durch die Gegend. Sie arbeiteten mit Werkzeugen wie Breitbeil, Säge und Bohrer.

»Bei Nacht geht die Arbeit weiter«, erklärte Fesz. »Die Werft wird dann von Fackeln erhellt. Wir müssen für Sargonnas bereitstehen, wenn er Einlaß in diese Welt erhält.«

Tolpan nickte. Er wußte bereits alles, was Fesz und der Nachtmeister und das minotaurische Königreich im Sinn hatten. Fesz hatte es ihm Stück für Stück erzählt, während Tolpan Fesz von Raistlin Majere erzählt hatte.

Die Jalopwurz war Teil eines geheimnisvollen Zauberrituals, den der führende Schamane der Minotauren sprechen wollte, um ein Portal zu öffnen und den bösen Gott in die Welt der Materie einzulassen. Sargonnas würde das minotaurische Königreich bei seinem erklärten Ziel führen, die minderwertigen Rassen Ansalons – also alle, die keine Minotauren waren – zu unterwerfen.

So wie Fesz es Tolpan erzählt hatte, mußte der Spruch an einem ganz bestimmten Tag gesagt werden, wenn Sonne, Monde und Sterne in ganz bestimmten Winkeln am Himmel standen.

»Sehr bald«, hatte Fesz gezischt. »Sehr, sehr bald.«

Da Tolpan selbst böse war, war er natürlich äußerst aufgeregt, daß ein böser Gott kommen würde. Er hoffte, er könnte Sargonnas kennenlernen. Das war einer der Gründe, warum sich der Kender so sehr um die Freundschaft mit Fesz bemühte.

»Bist du sicher, daß die Minotauren ohne Unterstützung die ganze Welt erobern können?« fragte Tolpan unschuldig, während ein besorgter, nachdenklicher Ausdruck über sein Gesicht glitt. Er sah sich auf der Werft um, wo zahlreiche Kriegsschiffe der Fertigstellung entgegensahen. Sie waren ziemlich eindrucksvoll, aber es gab so viele Menschen und Zwerge und Elfen und Kender und Gnome und andere Rassen da drüben auf dem Festland. Vielleicht saßen die Minotauren schon so lange auf ihren abgelegenen Inseln fest, daß sie gar keine Ahnung hatten, welche enorme Gegnerschaft sich ihnen entgegenstellen würde.

»Sehr klug von dir, Tolpan«, sagte Fesz, der seine Stimme zu einem leisen Grollen senkte und vorsichtshalber einen Blick über die Schulter warf. »Nein. Obwohl wir eine mächtige Rasse sind, brauchen und suchen wir Verbündete. Wir haben vorsichtige Abkommen mit den Ogern und ihren Meeresvettern, den Orughi, getroffen. Wir haben diplomatischen Kontakt mit den Trollen aufgenommen, obwohl das eine so chaotische Rasse ist. Auch zu bestimmten Barbarenstämmen. Es gibt auch bestimmte andere, ähm, Elemente, die du nicht kennen dürftest – ich darf nicht über sie sprechen, aber sie werden sehr wichtig für unsere vereinten Truppen sein, wenn der Eroberungsplan gutgeht.«

»Was ist mit den Kendern?« fragte Tolpan ein klein wenig verstimmt. »Meinst du nicht, die Kender könnten auch etwas beisteuern?«

»Ja, natürlich«, sagte Fesz etwas aus dem Konzept gebracht. »Ich weiß nicht, warum ich die Kender ausgelassen habe. Kender könnten sehr hilfreich sein, wenn sie alle ungefähr so sind wie du. Wir wissen allerdings sehr wenig über Kender und hatten sie bisher in unsere Überlegungen nicht einbezogen.«

Tolpan plusterte sich auf. »Ich könnte vielleicht mit der Rasse der Kender verhandeln«, sagte er. »Schließlich bin ich in Kenderheim nicht ganz unbekannt. Jedenfalls war ich das, als ich das letzte Mal dort war, und das war, hm, vor zehn oder zwanzig oder dreißig Jahren – vor meiner Zeit der Wanderlust. Mein Onkel Fallenspringer ist selbstverständlich eine viel, viel bekanntere Person.« Tolpan runzelte die Stirn, als ihm etwas einfiel. »Obwohl ich nicht sicher bin, daß Onkel Fallenspringer mitmacht, denn der ist ziemlich brummig seinen Freunden gegenüber. Mit seinen Feinden geht er allerdings auch nicht gerade freundlich um.« Der Kender dachte einen Augenblick nach. Dann hellte sich seine Miene auf. »Aber da ich schon eine ganze Weile nicht mehr dort war, ist es ziemlich wahrscheinlich, daß Onkel Fallenspringer nicht mehr in Kenderheim wohnt und somit keinerlei Problem mehr darstellt!«

»Gut«, knurrte Fesz wohlüberlegt. »Ich werde darauf achten, dem Nachtmeister alles über die Kender und ihre, ähm, Einsatzmöglichkeiten mitzuteilen.«

»Sag ihm, daß es meine Idee war«, strahlte Tolpan.

Fesz nickte und schrieb das auf.

Als sie von der Werft zurückkamen, wartete Dogz mit einer Botschaft des Königs. Dogz gab Fesz die Nachricht. Tolpan jedoch sah er nicht einmal an. Der Minotaurus schlug die Augen nieder, als würde er sich für seinen Kenderfreund schämen.

Tolpan reckte den Hals, um mitzulesen:

> *Zwei Menschen bei Atossa gefangen. Einer von ihnen auf unerklärliche, vielleicht magische Weise entkommen. Vielleicht ist er der Raistlin, den ihr sucht? Sofort dem Obersten Kreis mitteilen.*
>
> *Der König*

Fesz sah Tolpan fragend an.

»Hm«, sagte der Kender. »Ich weiß nicht. Ich glaube nicht, daß es Raistlin ist. Da steht, es sind zwei Menschen. Raistlin ist nur einer. Abgesehen davon ist Flint ein Zwerg und Tanis ein Elf – nun ja, ein Halbelf, aber er wird nicht so gern an sein menschliches Erbe erinnert. Darum glaube ich nicht, daß es Raistlin ist.«

Fesz legte seine bullige Stirn in Falten.

»He, warte mal!« fügte Tolpan aufgeregt hinzu. »Vielleicht sind es Sturm und Caramon. Das sind zwei Menschen. Sie müßten tot sein, und ich glaube nicht, daß sie zaubern können, aber vielleicht hat Raistlin Caramon ein paar Tricks beigebracht, als sie klein waren, oder so. Ich wette, sie sind es. Oh, Mann! Sturm und Caramon sind am Leben. Ich frage mich, wer von ihnen geflohen ist.«

»Sturm und Caramon«, knurrte Fesz. »Das sind die zwei Männer, die ins Blutmeer geworfen wurden.«

»Stimmt.«

»Mal angenommen, sie leben noch«, überlegte der Minotaurenschamane. »Warum hätte Raistlin Caramon das Zaubern beibringen sollen, als sie noch Kinder waren?«

»Ich weiß nicht«, antwortete der Kender. »Außer vielleicht, weil sie Zwillingsbrüder sind.«

»Sie sind Brüder?« Fesz brüllte regelrecht. Selbst Dogz zuckte zusammen. Fesz mußte seine Stimme senken und bemühte sich um einen ruhigen Tonfall. »Du hast mir nie erzählt, daß Raistlin einen Bruder hat!«

Der Kender zuckte mit den Achseln. »Du hast mich nie gefragt. Außerdem dachte ich doch, Caramon sei tot, du nicht? Macht es etwas aus, ob Raistlin einen Bruder hat? Ich habe dir schließlich gesagt, daß er eine Schwester hat. Na ja, eigentlich eine Halbschwester, wenn man es genau –«

»Warte!« Fesz hielt eine Hand hoch. Dann nahm er mit einem tiefen, müden Seufzer seine Schreibfeder heraus und begann, etwas auf ein Stück Pergament zu kritzeln. Er hielt inne, dachte nach und sah auf Tolpan herunter. »Bevor wir weitermachen«, sagte er mit außerordentlichem Bemühen um Geduld, »hat Raistlin noch weitere Schwestern oder Brüder, von denen du bisher noch nichts gesagt hast?«

»Nein«, sagte Tolpan gereizt. Er wußte nicht recht, warum Fesz so aufgebracht war. »Jedenfalls nicht, daß ich wüßte.«

»Nur Kitiara und Caramon.«

»Mhmm.«

Fesz schrieb etwas auf und steckte den Zettel in die Tasche.

»Ich frage mich, welcher geflohen ist, Sturm oder Caramon...« murmelte Tolpan.

»Wir müssen nach Atossa und es herausfinden«, erklärte Fesz.

Tolpan grinste glücklich über das ganze Gesicht.

»Nachdem ich vor dem Obersten Kreis gesprochen habe«, fügte der Minotaurenschamane hastig hinzu.

»Der Oberste Kreis... hui!« rief Tolpan aus. »Ich habe noch nie einen ganzen Kreis von Obersten Sonstwers kennengelernt. Ich kann es kaum erwarten!«

Von hinten legte Dogz dem Kender seine schwere Pranke auf die Schulter.

»Es tut mir wirklich leid, Tolpan, mein Freund«, sagte Fesz mit großem Ernst, »aber ich muß allein gehen. Der Oberste Kreis wäre nicht glücklich darüber, wenn ich einen Kender mitbrächte.«

Um einen großen, runden Eichentisch im größten Saal des Palastes saßen acht grimmige, gehörnte Minotauren – neun, wenn man den König mitzählte, der zu dieser dringlichen Versammlung aus seiner Hauptresidenz in der südlich gelegenen Stadt Nethosak angereist war. Während die anderen nur verstimmt aussahen, sprühte der wilde König vor mörderischer Wut, die er kaum in Schach halten konnte. Der König hatte andere wichtige Dinge vorgehabt und schätzte es gar nicht, seine Pläne ändern zu müssen.

Im Uhrzeigersinn links vom König ging die Reihe der acht Mitglieder des Obersten Kreises mit Inultus los, der die Miliz und die Polizei der Minotauren befehligte. Er war mit Emblemen und Abzeichen, die seinen Rang verrieten, nur so gepflastert. Neben ihm saß Akz. Sein Spitzname war Attacca, doch niemand wagte es, ihm diesen ins Gesicht zu sagen. Er war der Befehlshaber über die minotaurische Marine. Akz haßte Inultus und umgekehrt. Ihre Feindschaft war bekannt, doch sie waren gezwungen, zum Besten des Königreichs politisch zusammenzuarbeiten. Akz trug nichts auf seiner breiten, muskulösen Brust. Seine Kleidung bestand einzig aus einem juwelenbesetzten Lederstreifen, der seine kräftigen Lenden umgürtete.

Neben Akz saß der Älteste unter ihnen, ein runzliger Minotaurus mit grauweißen Haarbüscheln namens Victri. Er war der Vertreter der ländlichen Minotauren, die das Land bestellten und in den wenigen fruchtbaren Gegenden der Inseln einsame Staatshöfe verwalteten. Obwohl die meisten Krieger, die etwas auf sich hielten, die Bauernminotauren verachteten, waren diese für die Wirtschaft und Stabilität der Inseln lebenswichtig. Außerdem hatte Victri am längsten im Obersten Kreis gedient. Jeder kannte seinen Ruf als ehrenhafter, weiser Mann. Abgesehen davon war Victri ein kühner Krieger, der sich in der Schlacht hervorgetan hatte. Da er wie ein Landmann gekleidet war, trug Victri mehr Kleider als jedes andere Mitglied des Obersten Kreises, einschließlich eines schweren Schals über seinen breiten Schultern.

Neben Victri saß Juvabit, ein Historiker und Gelehrter in einer Gesellschaft, die Gelehrsamkeit nicht besonders wertschätzte. Obwohl er nach minotaurischen Maßstäben ein gebildeter Mann war, konnte man Juvabit mit seiner häßlichen Schnauze, den gekrümmten Hörnern und den gespaltenen Hufen äußerlich nicht von den anderen unterscheiden. Das einzige, was auf seine Stellung hinwies, war eine Quaste aus dünnen Goldfäden, die ihm über eine Schulter baumelte. Sie symbolisierte den Orden des Königs, die höchste Auszeichnung des Staates, und Juvabit war der einzige Anwesende, der sich diese verdient hatte. Das machte Juvabit allerdings höchstens noch überheblicher als die übrigen, denn er war davon überzeugt, daß die anderen Mitglieder des Obersten Kreises Schafsköpfe waren. Er hielt sich nicht nur für klüger als jeden anderen, sondern glaubte, daß er sich auch im Zweikampf gegen jeden behaupten konnte.

Neben Juvabit räkelte sich Atra Cura, dessen umfangreiche Gestalt über den großen Holzstuhl hinausquoll, auf dem er saß. Atra Curas Aufgabe war die Überwachung der menschlichen und minotaurischen Piraten, die durch die umliegenden Meere streiften. Sie mußten nämlich einen Anteil ihrer Beute an den König abführen – und einen Anteil dieses Anteils an ihn selbst. Außerdem hielt er die rivalisierenden Piratenbanden auseinander. Man konnte Atra Cura zu Recht als den wildesten und mörderischsten Piraten von allen bezeichnen. Als einziger unter den Minotauren des Obersten Kreises war er in grelle, bunte Farben gekleidet, die mit prächtigen Edelsteinen verziert waren. Atra Cura stellte auffällige Waffen zur Schau, darunter zahlreiche Säbel und Messer, die an seinem Gürtel steckten.

Die einzige Frau, Kharis-O, war die gewählte Anführerin einer Bande nomadischer Minotaurenfrauen, dem Clan der Anderen. Sie verachteten die Männer und lebten abseits der Städte. Ihr Clan, der auf jeder der minotaurischen Hauptinseln und selbst auf den meisten kleineren Anhänger hatte, hielt sich abseits von den organisierteren Bereichen der Gesellschaft, doch niemand bezweifelte seine Loyalität gegenüber der minotaurischen Rasse. Im Krieg konnte man auf sie zählen, und ihre Tollkühnheit in der Schlacht entsprach in jeder Hinsicht der der männlichen Krieger. Nichts an Kharis-Os ausgesprochen häßlichem Gesicht deutete auf ihre Weiblichkeit hin. Nicht einmal ihre Kleidung gab irgendwelche Hinweise. Sie trug enge Lederhosen unter einem kurzen Lederhemd und dicke, mit Nägeln beschlagene Sandalen. Sie starrte jeden am Tisch finster an, sagte aber nichts.

Die letzten beiden Mitglieder des Obersten Kreises waren Bartill und Groppis. Bartill war der Anführer der Architekten- und Baugilde und daher einer der mächtigsten Minotauren im

Reich. Jeder mußte aufpassen, es sich nicht mit ihm zu verderben.

Groppis, der Bartill in der Debatte unweigerlich unterstützte, war der Schatzkämmerer und in der Hierarchie genauso unerläßlich wie Bartill. Es war Groppis, der die Steuern einsammelte, Beutegut hortete und eine genaue Übersicht über den Staatsschatz führte. Er durfte auch eigenmächtig über die Gehälter bestimmen.

Der neunte war der König selbst, der bereits vierzehn Jahre regierte. Der König legte die Arroganz seines Amtes und die entsprechende körperliche Überlegenheit an den Tag. Um seinen Rang zu behalten, stellte sich der König jedes Jahr in der Arena des Kolosseums seinem stärksten Herausforderer zum Zweikampf. Der gegenwärtige König behauptete seine Position seit vierzehn Jahren mit eiserner Hand, indem er jeden, der ihn herausforderte, mit den Hörnern rammte, erstach, erdolchte oder mit bloßen Händen erwürgte. Der schmale, mit kleinen Diamanten besetzte Silberreif um seine Stirn, Symbol seiner Herrschaft, würde erst dann an den nächsten König weitergegeben werden, wenn er dereinst geschlagen sein würde.

Der König und die übrigen Mitglieder des Obersten Kreises starrten Fesz an, denn sie wollten wissen, wie es mit den Plänen des Nachtmeisters voranging und ob die ungewöhnlichen Nachrichten aus Atossa einen Rückschlag bedeuteten.

»Ich werde morgen persönlich nach Atossa fahren«, erwiderte Fesz mit fester Stimme, »und von dort aus nach Karthay, um dem Nachtmeister bei den abschließenden Vorbereitungen zu helfen.«

»Ist dieser Mensch, der entkommen ist, der geheimnisvolle Magier, den ihr gesucht habt?« fragte Akz, der Marinekommandant. »Ich werde meine Flotte erst mobilisieren, wenn ich ganz sicher weiß, daß nichts das Vorhaben des Nachtmeisters verhindern kann, Sargonnas in die Welt zu lassen.«

»Wir haben den Nachtmeister und seine Pläne äußerst großzügig unterstützt«, stellte Schatzmeister Groppis fest.

»Ich für meinen Teil«, warf Atra Cura, der Vertreter der Piraten ein, »glaube natürlich dem Nachtmeister und vertraue ihm, aber ein paar aus dem losen Bündnis meiner Gefolgschaft haben ihren eigenen Kopf und verlangen mehr als mein Wort, wenn sie weitermachen sollen.«

Die anderen nickten und murmelten zustimmend.

Fesz ließ sich mit seiner Antwort lange Zeit. Er legte die Hände auf den Tisch und schlug die Augen nieder, um sie unter gesenkten Lidern hervor anzustarren. Seine Augen glühten, seine Miene war voller Wut, doch es gelang ihm, sich zu bezähmen und tief durchzuatmen.

»Ich bin einer der drei erwählten Schamanen des Nachtmeisters«, sagte Fesz mit leisem, drohendem Grollen. »Eure lächerlichen Ängste entehren alle Minotauren und euren Rang als Mitglieder des Obersten Kreises. Der Nachtmeister hat euch mitgeteilt, daß er einen bemerkenswerten Zauber wirken will, um Sargonnas, den Herrn der finsteren Rache, in die Welt einzulassen. Für diesen Spruch wurde viel Geld ausgegeben und viel vorbereitet. Und alles wird nach Plan ablaufen, wenn in genau vier Tagen am frühen Abend die Sterne im Zenit stehen und die Himmel sich vereinen.«

Mehrere Mitglieder des Obersten Kreises hielten die Luft an. Bisher hatte der Nachtmeister nie genau verraten, wann er den Zauber wirken würde. Daß Fesz den genauen Tag und die Stunde nannte, hatte den beabsichtigten Effekt, daß alle Sorgen und Einwände der versammelten Führer sich in Luft auflösten.

»Was ist mit dem entflohenen Gefangenen?« fragte der König.

»Ich glaube nicht, daß es sich bei ihm um diesen Raistlin handelt«, antwortete Fesz respektvoll, »aber ich werde auf meinem Weg nach Karthay in Atossa Halt machen und mich vergewissern.«

»Wo ist dann dieser Raistlin?«

»Das weiß ich nicht«, gab Fesz zu. »Vielleicht kommt er auch gar nicht. Vielleicht haben wir ihn weit überschätzt. Auf jeden Fall glaube ich, daß Raistlin Majere höchstens ein kleines Ärgernis darstellt, eine Mücke auf dem Arsch eines Mammuts.«

Die acht Mitglieder des Obersten Kreises grinsten, als Fesz den alten minotaurischen Vergleich benutzte.

Der König wirkte zufrieden. »Was ist mit dem Kender?« wollte er wissen. »Steht er noch unter dem Einfluß des Gesinnungstrunks?«

Fesz nickte. »Allerdings«, knurrte Fesz, »und er hat sich als wirklich hilfreicher Verbündeter erwiesen. Ich habe vor, ihn nach Atossa und Karthay mitzunehmen. Ich hoffe, ich kann den Nachtmeister überzeugen, daß er bei dem Ritual eine Rolle bekommt.«

Der König sah ihn skeptisch an.

»Keine Sorge«, sagte der Minotaurenschamane. »Vor meiner Abreise werde ich sicherstellen, daß die Dosis des Tranks verdoppelt wird.«

Kapitel 3

Die alten Kyrie

Obwohl er in dem Sack hin und her geschüttelt wurde, der seinen wiederholten Versuchen widerstand, ein Guckloch hineinzureißen, hatte Caramon nicht das Gefühl, daß er unmittelbar in Gefahr schwebte.

Der Majerezwilling glaubte, daß man ihn von dem Minotaurengefängnis weit fortbrachte, obwohl er nicht ahnte, wer seine Retter waren und warum sie ihn geholt hatten. Er war zwar froh, die Minotauren los zu sein, doch er machte sich Gedanken um Sturm, den er hatte zurücklassen müssen. Ihm wurde klar, daß er sich selbst jetzt in der Gefangenschaft von jemand anders befand. Eigentlich hatte er nur die eine Gefangenschaft gegen eine andere eingetauscht.

Seine Beunruhigung wurde die nächsten zwei Stunden nicht gerade dadurch gemildert, daß er offenbar durch die Luft getragen wurde. Caramon konnte unter sich oder neben sich nichts fühlen. Die einzigen Geräusche, die seine Ohren wahrnahmen, klangen genau wie das stetige Schlagen von Flügeln und das gelegentliche Krächzen eines riesigen Vogels.

Irgendwo im Hinterkopf meinte der junge Krieger sich daran zu erinnern, daß er ein ähnliches Krächzen schon einmal gehört hatte.

Irgendwann hatte Caramon das Gefühl, er würde aus großer Höhe herabsinken, ein Abstieg, der damit endete, daß der Jutesack, in dem er zusammengerollt hing, über steinigen Grund bumste und ratschte. Gleich darauf zog jemand den Sack auf. Auf wackligen Beinen kam Caramon heraus.

Ein atemberaubender Ausblick bot sich ihm.

Er stand auf einem Absatz in einem steilwandigen Canyon, der sich rechts und links außer Sichtweite schlängelte. In den Canyonwänden lagen wie Waben Dutzende von Höhlen, so weit das Auge sehen konnte. Und vor den Höhlen saßen wie zur Begrüßung Hunderte von Angehörigen eines alten, wundersamen Volks, dessen abgelegene Zivilisation nur wenige Menschen bisher hatten sehen dürfen.

Ein Willkommenskomitee dieser phantastischen »Vogelmenschen« stand bei Caramon auf dem Absatz. Sie waren eine Mischung aus Habicht und Mensch, denn sie gingen aufrecht auf langen, sehnigen Beinen, die mit vogelartigen Klauen endeten. Riesige, gefiederte Flügel wuchsen aus ihrem Rücken und waren an Armen und Händen befestigt. Mit wachsender Erregung dachte Caramon, doch, sie sahen genau so aus wie...

... wie der gebrochene Mann unten in der Kerkerzelle. Das war sein Volk! Diese furchtbaren Wunden an seinem Rücken und den Schultern mußten, wie Caramon nun erkannte, die Folge dessen sein, daß die Minotauren ihm die Flügel ausgerissen hatten.

Der Vogelmann unmittelbar neben Caramon war der, der den Zwilling aus der Gefangenschaft gerettet hatte. Er war größer und schlanker als Caramon. Sein bronzefarbenes Gesicht, das sehr menschenähnlich erschien, war von einer wilden Schönheit. Statt Haaren wuchsen ihm weiche, goldene Federn aus dem Kopf. Schöne, braune Stoppelfedern bedeckten seine Brust. Er trug nichts weiter als einen ledernen Lendenschurz.

»Wer bist du?« fragte Caramon seinen Retter.

»In deiner Sprache«, sagte der Vogelmann stolz in der Gemeinsprache, »heiße ich Wolkenstürmer.«

Caramon suchte nach den rechten Worten. »Was seid ihr?«

Wolkenstürmer runzelte die Stirn und trat beiseite, wobei er mit den Flügeln einen der Vogelmenschen hinter sich herbeiwinkte.

Auf Wolkenstürmers Geste hin sah Caramon einen alten Mann vortreten, den er zunächst nicht bemerkt hatte. Andere scharten sich schützend um diesen ehrwürdigen Vogelmann, der auf seinen Klauenfüßen vorschlurfte, um Caramon zu begrüßen. Trotz seines seltsamen Gangs bewegte er sich würdevoll und geschmeidig.

Die Federhaare des alten Vogelmannes waren silberweiß und flossen bis auf seine Brust herab. Die jahrelange Einwirkung der Sonne und der Elemente hatten seinem Gesicht eine dunkle Farbe gegeben, viele Falten darauf hinterlassen. Trotz seines fortgeschrittenen Alters strotzten Brust und die sehnigen Beine vor Muskeln.

Leicht gebeugt und mit schief gelegtem Kopf näherte sich der Alte Caramon, wobei in seinen klaren, gelben Augen ein warmer Glanz lag. »Wir sind die Kyrie«, erklärte der Alte mit knappen, aber klaren Worten. »Ich bin Arikara – in eurer Sprache Sonnenfeder, der Anführer des Volks, das den Himmel bewohnt.«

»Kyrie?« fragte Caramon.

Sonnenfeder neigte den Kopf und blinzelte Caramon an. »Ein stolzes, langlebiges Volk«, sagte der Kyrieführer leise. »Hast du nie von uns gehört?«

Caramon warf einen Blick auf die vielen hundert gefiederten Kyrie, die ihn aus der Sicherheit ihrer jeweiligen hohen Landeplätze beobachteten. Sie murmelten untereinander, einige zeigten auf ihn. Vielleicht hatte Raistlin die Kyrie einmal erwähnt. Sein Zwillingsbruder las so viele Bücher, daß Caramon kaum mitkam. Der große Krieger schüttelte langsam den Kopf, um Sonnenfeders Frage zu beantworten.

»Das war zu erwarten«, sagte Sonnenfeder, der Caramon eine riesige Schwinge um die Schulter legte und ihn langsam zu einer Höhle führte, die in die Wand des Canyons gegraben war.

Die Höhle hatte Caramon vorher nicht gesehen, vielleicht weil die Haut, die den Eingang verhängte, sandsteinfarben war und mit der Felswand verschmolz. Einige der anderen Kyrie folgten ihnen, darunter Wolkenstürmer, sodann ein weiterer alter Mann, dessen Gesicht von Sommersprossen übersät war, und zwei Frauen, die eine älter, die andere jünger, beide in Lederröcken und Hemden, die mit Federn und Perlen verziert waren.

Der Eingang führte in eine geräumige Höhle, die sich zu einer hohen Kuppel wölbte. Heu und Zweige bedeckten den Boden der gestampften Erde. Eine Feuergrube in der Mitte, in der heiße Steine lagen, spendete Wärme. Waffen und Kochgeschirr hingen an der Wand. Pelze, die mehr als ausreichten, um die Kälte der Wüstennacht abzuwehren, waren an der Schwelle gestapelt.

Sonnenfeder nahm die beiden Frauen beiseite und gab ihnen Anweisungen in einer Sprache, von der Caramon kein Wort verstand.

Wolkenstürmer bot Caramon einen Platz an der Feuergrube an. Der andere Alte, den Wolkenstürmer als Drei Weitblick-Augen vorstellte, saß gegenüber dem Besucher. Wolkenstürmer nahm neben Drei Weitblick-Augen Platz.

Sonnenfeder setzte sich voller Tatendrang neben Caramon. Er nahm einen Stock und kritzelte auf dem Boden herum. Caramon brauchte einen Augenblick, bis er erkannte, daß Sonnenfeder eine grobe Karte zeichnete. »Vor Jahrhunderten bewohnten die Kyrie viele Inseln auf Ansalon«, erklärte Sonnenfeder Caramon. »Wir sind durch die Welt gezogen und nie lange an einem Ort geblieben. Unsere langen Flüge über die Ozeane wurden durch ein magisches Gerät namens Nordstein ermöglicht. Weil wir uns immer mehr auf den Nordstein verließen, verloren wir viele unserer angeborenen Instinkte, einschließlich des Orientierungssinns. Dann verloren wir den Nordstein – er fiel in die Hände unserer erbitterten Feinde, der Minotauren.«

Die weiblichen Kyrie huschten im Hintergrund umher, wo sie offenbar das Essen vorbereiteten. Jetzt tauchte die ältere Frau hinter den drei Kyriemännern und Caramon auf und verteilte Steinbecher mit einer blassen, fleckigen Flüssigkeit. Caramon nahm seine Schale in beide Hände und schlürfte eifrig. Die warme Brühe war mit nichts zu vergleichen, was Caramon je probiert hatte – kräftig, wohlschmeckend und sofort sättigend. Er spürte, wie sie sich in seinem Körper ausbreitete, ihn aufmunterte und seinen Hunger stillte.

Das Gesicht des Kyrieführers verhärtete sich bei den bitteren Erinnerungen, als er mit seiner Chronik fortfuhr. »Mit der Zeit haben wir uns hier gesammelt«, erzählte Sonnenfeder, »die meisten von uns auf der Insel Mithas, andere vereinzelte Clans auf nahen Inseln. Obwohl wir immer noch weit und lange fliegen könnten, überqueren wir die Ozeane nicht mehr. Ohne den Nordstein sind wir in diesem Teil der Welt gefangen. Wir leben hier«, er zeigte um sich, »so gut wir können, so friedlich, wie man es uns gestattet.«

Caramon hatte zahllose Fragen, die er gern gestellt hätte. Mit zweien platzte er sofort heraus: »Was wollt ihr von mir? Warum habt ihr mich aus dem Kerker von Atossa gerettet?«

Wolkenstürmer antwortete, bevor Sonnenfeder zu Wort kam. »Ich habe dich und deinen Freund im Blutmeer halb ertrinken sehen. Ich habe getan, was ich konnte, um euer Schicksal zu erleichtern.«

Caramon riß die Augen auf. »Also du warst das!« rief er aus. »Du hast uns eine Art Brot heruntergeworfen.«

»Das war mein eigener Proviant«, sagte der Kyrie milde.

Spontan streckte Caramon die Hände aus und umfaßte die des Kyrie. »Du hast uns das Leben gerettet«, sagte der Majerezwilling voller Wärme. »Und dann hast du dein eigenes Leben aufs Spiel gesetzt, damit ich aus dem Gefängnis fliehen konnte.« Die Worte des jungen Kriegers entsprangen direkt seinem Herzen. »Damit stehe ich auf ewig in deiner Schuld.«

Wolkenstürmer schien sich bei Caramons ausgedehntem Gefühlsausbruch etwas unbehaglich zu fühlen. Sonnenfeder strahlte. »Wolkenstürmer ist mein Sohn«, sagte der alte Kyrie stolz. Als Caramon den Vogelmann anstarrte, der soviel auf sich genommen hatte, um ihn zu retten, schlug Wolkenstürmer die Augen nieder.

»Ich habe zwei Söhne«, fügte Sonnenfeder hinzu. »Mein Erstgeborener…« Ihm versagte die Stimme. »Mein Erstgeborener, Morgenhimmel, ist der, der… mit dir… im Gefängnis von Atossa festgehalten wurde.« Voller Kummer ließ er den Kopf hängen.

Caramon wußte nicht, was er sagen sollte. Endlich hatte er erfahren, wer der gebrochene Mann war. Seine Gefühle überwältigten ihn. Der Mann war also Sonnenfeders Erstgeborener, Morgenhimmel. Ob Sonnenfeder wußte, wie nah sein Sohn dem Tode war? Wie Morgenhimmel von den Minotauren gefoltert und gequält worden war? Ob Sonnenfeder wußte, wie tapfer und entschlossen sein Sohn war? Wie er selbst in den kurzen Unterhaltungen mit Caramon keine Angst vor seinem Schicksal gezeigt hatte?

Schweigen senkte sich über den Raum, das dann vom kläglichen Weinen der einen Frau gebrochen wurde.

»Wir wissen, wie die Minotauren Morgenhimmel behandeln«, sagte Sonnenfeder leise. »Wir wissen, daß er fast zu Tode gefoltert wurde. Wir haben wenig Hoffnung, ihn jemals wieder als freien Mann unter uns zu sehen.«

Es war, als hätte der Anführer der Kyrie Caramons Gedanken gelesen. Als er Caramons fragenden Blick bemerkte, zeigte Sonnenfeder auf seinen Kopf, und Caramon erinnerte sich an das, was der gebrochene Mann über Telepathie gesagt hatte.

»Aber warum konntet ihr nicht deinen Sohn statt meiner befreien?« fragte Caramon ernst.

»Mein Sohn ist immer angekettet«, erwiderte Sonnenfeder mit unbewegter Stimme, »außer wenn man ihn essen läßt. Sonst würde er sich umbringen. Soviel wissen die Minotauren über die Kyrie, auch wenn sie sonst wenig über uns wissen. Für einen Kyrie ist es eine Schande, lebend gefangen zu werden.«

Caramon trank von seiner Brühe. Es kam ihm nicht gerecht vor. Er war frei, während Morgenhimmel im Gefängnis gequält und geschlagen wurde. »Vielleicht«, schlug der Menschenkrieger vor, »wenn wir das Verlies stürmen...«

»Das wäre Selbstmord für alle Beteiligten«, warf Drei Weitblick-Augen ein, der sich erstmals äußerte. Das Gesicht des Alten war düster. »Wir sind ein mutiges Volk, aber wir sind keine Dummköpfe.«

»Was ist mit dem Tunnel?«

Wolkenstürmer rümpfte die Nase. »Der Tunnel ist zu eng. Es würde Stunden dauern, durch den Tunnel auch nur eine kleine

Angreifertruppe in das Gefängnis zu schleusen, und eine schnelle Flucht wäre unmöglich. Wir müßten mit einem Dutzend Wachen fertigwerden, dazu mit den Ketten und Riegeln in der Zelle meines Bruders. Wir haben darüber lange nachgedacht. Wir haben es besprochen und keine Lösung gefunden.«

Der Kyrie runzelte die Stirn. Ein Schatten verdüsterte sein Gesicht. »Nein, für meinen Bruder gibt es kein Entkommen. Er ist verloren.«

Von den anderen Kyrie kam murmelnde Zustimmung. Caramon saß lange still. »Warum martern sie ihn?« fragte der junge Mann aus Solace laut.

»Wir sind seit Hunderten von Jahren mit den Minotauren verfeindet«, antwortete Sonnenfeder. »Mit der Zeit haben wir uns in diesen und anderen abgelegenen Bergen gesammelt und leben weitab von den minotaurischen Städten. Obwohl wir die Täler durchstreifen, um Nahrung zu sammeln und kleine Tiere zu jagen, ziehen wir uns immer hierher zurück. Die Stiermenschen sind zwar für Schlachten zu Land und zu Wasser gerüstet, aber sie sind zu dumm, um die Berge zu erkunden. Sie können nicht auf die hohen Gipfel klettern und uns vertreiben. Für sie sind wir ein feindliches Volk mitten in ihrer Heimat. Für uns sind sie die Pest. Während sie entschlossen sind, uns zu jagen und zu vernichten, haben auch wir uns geschworen, sie zu töten, wo auch immer sie unseren Weg kreuzen. In den letzten Monaten«, fuhr Sonnenfeder fort, »sind Minotaurentruppen in unser Territorium eingedrungen und wurden bei der Suche nach unseren Horsten kühner. Die Stiermenschen haben ein paar unserer kleineren, weiter draußen liegenden Siedlungen überfallen. Die Krieger wurden bezwungen, unsere Frauen und Kinder scharenweise niedergemetzelt. Es heißt, daß sie in einigen Fällen von fliegenden Schuppenwesen unterstützt wurden, die das Gelände vorher erkundeten und Waffen und Vorräte transportierten.«

»Drachen?« Jetzt war Caramon derjenige, der die Nase rümpfte. »Jeder weiß, daß es keine Drachen auf Ansalon gibt. Das sind Ammenmärchen, Sagen.«

»Keine Drachen«, mischte sich Wolkenstürmer ein. »Fliegende Wesen, wie es sie früher nicht gab.«

Caramon sah ungläubig aus.

»Natürlich haben wir keinen Beweis«, sagte Sonnenfeder. »Es gibt keine überlebenden Augenzeugen. Die Minotauren haben alle Kyrie getötet und alles verbrannt. Sie haben nur verbrannte Erde hinterlassen. Sie machen selten Gefangene.« Er hielt inne, gönnte sich einen Schluck heiße Brühe und fuhr fort, wobei er seine Worte sorgfältig wählte und seine Gefühle beherrschte. »Mein Sohn, Morgenhimmel, ist eine der Ausnahmen. Er wurde in einem Vorposten gefangen, den er befehligte. Sie erkannten, daß er von hohem Rang ist, möglicherweise von edler Herkunft. Von ihm wollten sie etwas über unsere Stärke, unsere Gebräuche und Rituale und die Lage unserer Zufluchtsstätten erfahren.«

Der Monolog schien Sonnenfeder erschöpft zu haben, denn sein Gesicht wurde schlaff, und er ließ die Schultern sinken. Er setzte seine Tasse Brühe ab, faltete dann die Hände und nickte Wolkenstürmer zu.

»Sie haben nichts aus ihm herauspressen können«, spie Wolkenstürmer aus, »und das werden sie auch nicht, ganz gleich, wie grausam sie ihm zusetzen. Morgenhimmel wird seinen letzten Atemzug tun, ohne ihnen auch nur seinen Namen zu verraten.«

Caramon blickte in Wolkenstürmers mattschwarze Augen, die grimmig und schicksalsergeben schauten wie die seines Bruders, des Gebrochenen. Sonnenfeder streckte den Arm aus und berührte seinen Sohn am Handgelenk. Die ältere Kyriefrau kam herüber und flüsterte Sonnenfeder etwas ins Ohr. Der alte Kyrie nickte.

»Und was ist mir dir, mein Sohn?« fragte Drei Weitblick-Augen sanft, um das Schweigen zu brechen. »Wie heißt du? Was ist dir zugestoßen?«

Caramon erzählte es ihnen, ohne etwas auszulassen. Die Reise nach Südergod, der magische Sturm, die Gefangennahme von Tolpan, was Sturm und er im Meer durchgemacht hatten, ihre Gefangenschaft. Obwohl die Kyrie sich außerordentlich für die Rolle interessierten, die die Minotauren in Caramons seltsamer Geschichte spielten, konnten sie wenig dazu beitragen, das Geheimnis zu klären, warum das minotaurische Königreich sich dermaßen mit einem einzelnen Kender oder gar dem Kraut, der Jalopwurz, beschäftigte.

»Außer«, betonte Drei Weitblick-Augen, »vergeßt nicht das eine. Die Jalopwurz kommt auf Mithas und Karthay häufig vor, in anderen Teilen der Welt jedoch sehr selten, wenn überhaupt. Und wie andere Dinge auf Mithas erklären die Minotauren sie zu ihrem heiligen Eigentum und messen ihr bestimmten rituellen Nutzen zu.«

Sonnenfeder nickte weise.

Die Zeit verstrich. Jetzt brachte die junge Kyriefrau, deren Gesicht atemberaubend schön und deren rote Haare goldgetupft waren, Tassen und Schalen und stellte sie vor Caramon und die anderen.

Dem Beispiel der Kyrie folgend, tauchte Caramon seine Finger in ein Becken mit kaltem Wasser. Nach dem Waschen trocknete er sich die Hände ab. Aus den Schüsseln wählte er Nüsse, Beeren und Salat aus. Die ältere Frau tauchte hinter seinen Schultern auf und füllte ihm einen Haufen kleiner, roher Fleischwürfel auf den Teller.

Nachdem alle eine Weile gegessen hatten, sagte Wolkenstürmer: »Ein Posten hält sich ständig im Tunnel auf. Er bewacht Morgenhimmel, weil er trotz allem hofft, daß sich die Umstände ändern. Wir haben nur wenig mit ihm gesprochen, immer heimlich. Es wäre unklug, ein Risiko einzugehen. Wenn es Morgenhimmel möglich ist, spricht er mit uns. Selbst wenn die Minotaurenwachen ein paar Worte mitbekommen, verstehen sie unsere Muttersprache nicht, so daß sie es für Delirium halten. Auf diese Weise konnten wir Morgenhimmel von den zwei Menschen erzählen, die gefangengenommen und in den Kerker gebracht worden waren. Nachdem wir es mit ihm besprochen hatten, beschlossen wir, deine Befreiung zu riskieren.«

»Warum?« fragte Caramon nachdenklich.

»Zum einen habe ich gesehen, wie du dich meinem Bruder gegenüber verhalten hast«, antwortete Wolkenstürmer.

»Du hast mich gesehen?«

»Ich war im Tunnel. So nahe bei meinem Bruder konnte ich durch seine Augen sehen, durch die Steinwände hindurch. Mein Herz schlägt im gleichen Rhythmus wie seins. Mein Kopf teilt seine Gedanken. Ich hörte deine Worte und sah dich und glaubte, daß du ein guter, mitfühlender Mensch bist.«

Caramon schwieg. Er dachte an seinen eigenen Bruder, Raistlin. War es nicht auch so mit ihm und Raist? Daß sie mitunter durch die Augen des anderen sehen konnten? Daß auch ihre Herzen wie eines schlugen?

»Wir haben wenig Erfahrung mit Menschen«, warf Sonnenfeder diplomatisch ein. »Ich selbst habe in meinen dreihundert Jahren auf dieser Erde noch nie einen von Angesicht zu Angesicht gesehen.«

»Dreihundert Jahre!« rief Caramon aus. Der junge Krieger wußte, daß Zwerge und Elfen lange lebten, aber Sonnenfeder war bereits dreimal so alt, wie Caramon je werden konnte.

»Ja«, gab Sonnenfeder schmunzelnd zu. »Ich bin alt und nicht mehr ganz auf der Höhe. Wenn ich nicht mehr bin, wird es an Wolkenstürmer sein –«

»Vater!« rief Wolkenstürmer, der den Arm hochriß und eine ärgerliche Geste machte.

Die Kyriefrau sah betroffen aus. Drei Weitblick-Augen senkte den Blick. Sonnenfeder zog eine schuldbewußte Miene.

»Wolkenstürmer hat recht«, sagte der Anführer der Kyrie. »Es ist nicht recht, von Morgenhimmel zu reden, als wäre er bereits tot. Morgenhimmel ist der Erstgeborene und rechtmäßige Erbe der Herrschaft. Aber –« Seine Stimme brach.

Drei Weitblick-Augen wechselte eilends das Thema. »Die meisten Menschen, die wir kennen«, sagte Drei Weitblick-Augen freundlich, »sind Räuber oder Sklaven. Aber unsere Legenden erzählen, daß Menschen klug, einfühlsam und treu sein können. Außerdem war es uns das Risiko wert, die Stiermenschen zu beschämen. Die Nachricht einer Flucht aus ihren Gefängnis in Atossa wird sie tief entehren.«

»Werden sie nicht Morgenhimmel bestrafen?« sorgte sich Caramon.

»Sie werden meinen Bruder niemals hinrichten«, sagte Wolkenstürmer grimmig. »Sie werden ihn am Leben erhalten, solange sie können.«

Nachdem das Mahl vorüber war, holte die Kyriefrau Pfeifen, Kautabak und eine Schüssel mit dicken, aufgeschnittenen Stücken einer gummiartigen Wurzel heraus. Wolkenstürmer wählte eine Pfeife mit langem Stiel, füllte sie mit etwas aus einem Beutel und saugte sinnend daran. Drei Weitblick-Augen kaute Tabak. Sonnenfeder griff nach der Wurzel, und Caramon schloß sich ihm aus Gründen der Höflichkeit an.

Draußen war es dunkel und still geworden. Die ältere Frau ging in der Höhle herum. Sie griff nach einigen kleinen Kugeln an der Wand, die durch ihre Berührung magisch entzündet wurden und ein blaßblaues Licht von sich gaben.

Caramon kaute auf der Wurzel herum, ohne an etwas Bestimmtes zu denken. Sie hatte einen milden, angenehmen Geschmack. Der Tag war lang und anstrengend gewesen. Sein Körper schmerzte, und sein Geist ebenso.

Beim Kauen strömte ein Kitzeln durch seinen Körper. Caramon merkte, wie sich seine Muskeln entspannten. Sein Geist schwebte frei herum. Er fühlte sich nicht mehr müde und traurig. Seine Gedanken wanderten zu Raistlin. Er fragte sich, wo sein Zwillingsbruder war und ob Raist irgendeine Ahnung hatte, wo Caramon steckte.

Er machte sich Sorgen um seinen Bruder. Kitiara hatte ihm eingebleut, daß es seine Sache war, sich um seinen Zwillingsbruder zu sorgen, auch wenn Caramon wußte, daß Raistlin sich im Moment wohl ebenso viele Gedanken um ihn machte. Caramon hoffte von Herzen, daß er für diese Kyrie ein guter Vertreter der Menschheit war, da sie wie Sonnenfeder nie zuvor einen Menschen kennengelernt hatten. Bestimmt hätte Raistlin die Lage besser begriffen und wäre ein eindrucksvollerer Vertreter der Menschen gewesen.

Caramon dachte an Tolpan. Armer Tolpan. Wahrscheinlich war der Kender tot. Was konnten die Minotauren von ihm gewollt haben? Etwas Dunkles, Unangenehmes, da war sich Caramon sicher. Tolpan war nicht im Gefängnis gewesen, auch nicht in Atossa, sonst hätten die Kyrie ihn bestimmt bemerkt, überlegte Caramon. Kender übersieht man nicht so leicht.

Der junge Krieger sah sich unter den Kyrie in der Höhle um, die ihm zunickten. Er fragte sich, ob sie seine Gedanken lesen konnten. Im gleichen Augenblick war es fast so, als könnte er ihre lesen. Er spürte ihre tiefe Verzweiflung wegen Morgenhimmel und zugleich das Störrische, Unverwüstliche an diesem Volk. Sie waren eine bemerkenswerte Rasse. Es erfüllte ihn mit Stolz, als Gast bei den alten Kyrie zu sein.

Caramons Gedanken wandten sich Sturm zu. Sturm hätte sich hier oben in den Bergen weniger wohl gefühlt, trotz des guten Essens und dieser angenehmen Wurzel zum Nachtisch – nicht solange sein Freund Caramon derjenige war, der im Gefängnis zurückgelassen worden war.

Die Minotauren würden ihre Verärgerung vielleicht nicht an Morgenhimmel auslassen, erkannte Caramon urplötzlich. Aber sie würden vielleicht – wahrscheinlich – Sturm foltern.

»Ich muß zurück«, erklärte der Mann aus Solace plötzlich, wodurch er die Kyrie erschreckte, denn er brach die harmonische Stille, die in der Höhle geherrscht hatte. Caramon machte ein entschlossenes Gesicht. »Ich muß zurück und meinen Freund Sturm retten.«

Die Gesichter um ihn herum waren voller Ablehnung. »Das wäre unklug«, sagte Sonnenfeder.

»Dumm«, sagte Wolkenstürmer, der seine Pfeife hinlegte.

»Ich – ich –« Caramon versagte die Stimme. Er war nicht so beredsam wie sein Bruder. »Ich muß zurück«, wiederholte Caramon. »Sturm Feuerklinge würde gewiß versuchen, mich zu retten. Kein Risiko würde ihn davon abhalten, keine hundert, ach was, tausend Minotauren. Er würde es als Gebot der Ehre ansehen. Ich kann nur versuchen, genauso zu handeln wie er.«

»Aber wie kommst du in das Gefängnis?« fragte Drei Weitblick-Augen voller Mitgefühl. »Und, was wichtiger ist, wie kommst du heraus?«

Caramon hatte darauf keine Antwort. Er wandte sich an Wolkenstürmer. »Du sagst, ihr habt die ganze Zeit einen Posten im Tunnel?«

»Ja«, erwiderte Wolkenstürmer. »Tag und Nacht.«

»Dann werde ich seine Berichte anhören, achtgeben und warten. Ich werde eine Gelegenheit finden. Selbst, wenn sich nichts ändert, muß ich trotzdem etwas unternehmen.«

Alles schwieg still. Caramon sah Sonnenfeder an, denn er wartete, daß der Kyrieführer etwas sagte. Das Gesicht des Alten war ausdruckslos.

»Ich gehe mit dem Menschen!« sagte Wolkenstürmer unvermittelt.

Sonnenfeder wirkte schockiert. »Das kannst du nicht, mein

Sohn! Du hast bereits zuviel riskiert. Du mußt nicht nur deine eigene Zukunft bedenken, sondern auch die Zukunft der ganzen Rasse.«

Wolkenstürmers Augen blickten hart und stur. »Ich gehe kein Risiko ein, das du nicht selbst auf dich nehmen würdest – wenn du nicht so ein alter Knochen wärst.« Obwohl Wolkenstürmers Worte den Vater wie Schläge trafen, glänzten Sonnenfeders Augen unmißverständlich vor Stolz. »Ich bewundere diesen Caramon«, sagte Wolkenstürmer. »Ich würde gern seinem Freund helfen, so wie ich ihm geholfen habe.«

Caramon schüttelte Wolkenstürmer die Hand. Diesmal legte der Kyrie seine andere Hand in solidarischer Gebärde auf die Caramons.

Drei Weitblick-Augen meldete sich zu Wort. »Wenn Wolkenstürmer geht, sollten andere, die Lust haben, mit den Minotauren zu kämpfen, Gelegenheit bekommen, sie zu begleiten. Der Mensch sollte in die Kriegergemeinschaft gebracht werden.«

Wolkenstürmer erschien bei diesen Worten dankbar. Obwohl Caramon nicht wußte, was die Kriegergemeinschaft war, überraschte ihn die Inbrunst in den Worten des alten Vogelmanns.

Lange Minuten starrten sich Sonnenfeder und Wolkenstürmer von Vater zu Sohn an. »Du mußt tun, wozu es dich treibt«, sagte Sonnenfeder schließlich schweren Herzens. Der Anführer der Kyrie seufzte. »Aber tue nichts Unüberlegtes – und heute nacht tust du gar nichts. Einverstanden? Also, es ist Schlafenszeit. Zeit, uns im Schlaf die Dinge zu erträumen, die wir zu tun hoffen.«

Auf dieses Zeichen von Sonnenfeder verließen Drei Weitblick-Augen und die junge Kyriefrau die Höhle. Wolkenstürmer zögerte, nickte Caramon freundlich zu und ging dann ebenfalls. Sonnenfeder legte Caramon seinen gefiederten Arm um die Schulter, als der Majerezwilling aufstand, um zu gehen.

»Du schläfst hier«, sagte Sonnenfeder. Er zeigte in die Ecke, wo die alte Kyriefrau noch dabei war, einen dicken Stapel Pelze aufzuschichten.

»Aber das ist dein Haus«, wandte Caramon ein, »und ich habe dir nichts als Leid gebracht.«

Sonnenfeder schüttelte den Kopf. »Du hast nichts gebracht, das nicht schon vor deiner Ankunft hier gewesen wäre«, sagte der alte Kyrie. »Und solange du bei uns bleibst, wünsche ich, daß du diese Höhle als dein Zuhause ansiehst. In den Bergen sind die Nächte kalt, und du bist an das Klima nicht gewöhnt.«

Caramon machte den Mund auf und wollte protestieren, aber Sonnenfeder hob abwehrend die Hand. »Ich bin überall bei meinem Volk willkommen«, sagte der Kyrieführer, »und brauche mich nicht um einen Platz zum Schlafen und Essen zu sorgen. Und in manchen Nächten ziehe ich sogar den offenen Himmel vor.« Sein dunkles Gesicht verzog sich zu einem verknitterten Lächeln. »Auch wenn ich ein alter Knochen bin.«

Caramon hatte keine Einwände mehr. In Wahrheit war er froh über die behagliche Höhle.

Die nächsten paar Tage lebte Caramon wie die Kyrie in dieser Höhlenstadt an den steilen Klippen, welche die tiefen Täler hoch im Norden von Mithas säumten.

Der größere, schlankere Wolkenstürmer konnte Caramon leicht mit seinen Klauenfüßen von Plateau zu Plateau tragen. Wo er auch hinkam, war Caramon der Neugierde der Kyrie ausgesetzt, auch wenn er unweigerlich herzlich empfangen wurde. Während vor allem die Frauen in ihrer Kyriesprache über ihn schwatzten, benutzte der Großteil der Vogelmenschen in seiner Gegenwart die Gemeinsprache. Ihre Gastfreundschaft war überwältigend. Viele von ihnen schienen die Geschichte seiner Flucht und seine Beziehung zu Morgenhimmel bereits zu kennen.

Manche der Kyriehöhlen waren so groß, daß sie ein Dutzend Familien beherbergen konnten, wie Caramon bemerkte, während andere Familien lieber für sich allein in sonnenerhellten Mulden am Fuß der Klippen lebten. Die gelegentlichen Holzbalken und Leitern, die Caramon sah, waren von meilenweit her durch die Luft geschleppt worden, wie Wolkenstürmer ihm erzählte. Holz wuchs in dieser Höhe nicht und war ein rechter Luxus und daher ein Statussymbol.

Die zähen, schlauen Kyrie hatten sich zum Überleben einzigartig auf ihre Umgebung eingestellt, die bei Tag heiß und ausgedörrt war, bei Nacht kalt und trocken. Regenwasser war kostbar. Der wenige Regen wurde in Becken am Grund des Canyons aufgefangen, wohingegen nur eine kleine Menge oben in den Höhlenstädten aufbewahrt wurde, wo die Feuchtigkeit wegen der unablässigen Einwirkung von Sonne und Wind rasch verdunstete. Die Kyrie hatten in den Felsboden Bewässerungskanäle gegraben und Dämme errichtet. Die Kanäle waren tief, damit weniger Wasser der Sonne ausgesetzt war, und schmal, damit man sie in kalten Nächten abdecken konnte.

Eselhasen, Wildkaninchen, Maultierhirsche und kleine Nager versorgten die Kyrie mit Fleisch. Die Männer, denen diese Pflicht auferlegt war, gingen täglich auf die Jagd. Obwohl die Kyrie kein Bauernvolk waren, besaß jede Familie einen kleinen, bewässerten Garten. Der Garten ergänzte ihre Mahlzeiten mit Kaktusfeigen, Nüssen, Bohnen und Samen. Bei Streifzügen durch die Täler sammelten sie wildes Getreide. Als schlanke, drahtige Rasse aßen die Kyrie wenig – nur eine Hauptmahlzeit am Tag.

Caramon fragte Wolkenstürmer nach den magischen, blauen Kugeln, die nachts für Beleuchtung innerhalb der Höhlen sorgten. Es gab sie überall. Wie Wolkenstürmer erklärte, hatten viele Kyrie gewisse magische Kräfte. Als Volk waren sie vor allem für ihre Fähigkeit bekannt, mit den Tieren reden und sie bezaubern zu können. Aber von den magisch Begabten waren die am angesehensten, die das Wetter vorhersagen oder beeinflussen konnten. Auf jeden Fall waren die blauen Lichtkugeln ein sehr einfacher Zauber, wie Wolkenstürmer sagte.

Während die Männer auf die Jagd gingen, waren die Frauen damit beschäftigt, zu töpfern, Lederkleider zu nähen und Muscheln zu schnitzen. Während Menschen ihre Sachen gern in Beuteln oder Rucksäcken tragen, hängten sich viele der Kyrie kleine Körbe um den Leib. Diese konnten alles enthalten, von Trockenfrüchten über Erbstücke der Familie bis hin zu kleinen Waffen. Die traditionelle Waffe, die in keinen Korb paßte, war eine gebogene, aus Holz geschnitzte Keule, der Treffer. Viele Männer, die jagen gingen, hatten sowohl Pfeil und Bogen als auch ihren Treffer dabei.

Caramon fiel auf, daß unter den jungen Männern ein ständiges Kommen und Gehen herrscht. Sie flogen hinreißend, diese jungen, starken Kyrie. Wie große Adler, die rasch vorankamen, wenn sie mit ihren breiten Flügeln schlugen. Manche kamen mit den toten Tieren über den Schultern direkt von der Jagd. Andere waren offenbar Späher und Botschafter.

Die Späher und Botschafter erstatteten Wolkenstürmer direkt Bericht. Einige zeigten auf Caramon und sprachen schnell in ihrer Kyriesprache. Manche der jungen Vogelmänner sahen ihn hochnäsig an, und Caramon kam es so vor, als ob sie in ihrer Sprache mit Wolkenstürmer stritten.

Obwohl Caramon Wolkenstürmer bedrängte, ihm zu sagen, was sie ihm mitteilten, wich Sonnenfeders Sohn ihm aus. Caramon hielt das für sein königliches Vorrecht, aber er machte sich Gedanken um Sturm und wollte wissen, ob und was der Kyrie über den Solamnier berichtet hatte. Mehr als einmal bat Wolkenstürmer den Menschenkrieger, Ruhe zu bewahren.

Nach vier Tagen bei den Kyrie hatte sich Caramon gut ausgeruht und war schlanker, kräftiger und kein bißchen geduldig.

»Wo liegt denn Atossa von hier aus?« fragte Caramon Wolkenstürmer, als sie einmal auf dem Absatz standen, wo er ursprünglich angekommen war.

Wolkenstürmer zeigte nach Süden. »Hundert Meilen.«

»Ich könnte zurückgehen und als Posten im Tunnel warten«, drängte Caramon.

Wolkenstürmer legte dem besorgten Krieger eine Hand auf die Schulter. »Nein, mein Freund«, wiederholte er. »Bald. Dein Freund ist am Leben. Mein Bruder ist am Leben. Aber du mußt Geduld haben. Wir müssen noch warten, bis etwas geschieht.«

In dieser Nacht lag Caramon in der Höhle, die Sonnenfeder ihm überlassen hatte, auf dem Rücken und wartete auf den Schlaf, als Wolkenstürmer ihn holen kam.

Caramon zuckte zusammen, als der Sohn von Sonnenfeder eintrat. Sein Kyriefreund war merkwürdig bemalt und mit Perlen und Muscheln geschmückt. Wolkenstürmer holte eine Augenbinde heraus. Obwohl Caramon sich dabei unwohl fühlte, ließ er sie sich von dem Kyrie vor die Augen binden, so daß er nicht sehen konnte, wohin er gebracht wurde.

Dann hatte Caramon das inzwischen vertraute Gefühl, angehoben und durch die Luft getragen zu werden, diesmal jedoch nur über eine kurze Strecke. Als die Augenbinde abgenommen wurde, befand sich Caramon in einer anderen Höhle mit einem Dutzend Kyriemännern, die wie Wolkenstürmer aufgemacht und geschmückt waren. Einige von ihnen hatte er bereits kennengelernt. Andere hatte er noch nie gesehen.

Sie saßen im Schneidersitz im Kreis. Als sich Caramon, geführt von Wolkenstürmer, zu der Gruppe gesellte, stand einer der Kyrie auf, kam zu ihm, bemalte sein Gesicht mit aschgrauen Zickzacklinien und legte ihm den zeremoniellen Feder- und Edelsteinschmuck um. Caramon wußte, daß dieser Kyrie Wolkenstürmers Freund war. Er hieß Vogelgeist.

Die Vogelmenschen reichten sich die Hände und begannen

ein Lied in ihrer Kyriesprache. Caramon wurde zwischen zwei Kyrie gesetzt, die er nicht kannte. Als er sich umschaute, bemerkte er, daß Wolkenstürmer verschwunden war. Die Kyrie faßten seine Hände. Obwohl der junge Krieger keine Ahnung hatte, was die Kyrie sangen, fühlte sich Caramon von ihrem feierlichen Ritual angezogen.

Das Singen dauerte lange. Caramon merkte, wie er allmählich davon eingelullt wurde. Als er die Augen aufriß, sah er, daß auch die anderen ihre Augen geschlossen hatten. Die Kyrie hatten sich gezielt in Trance versetzt. Jemand hatte Räucherstäbchen angezündet, und ein durchdringender Geruch, der von Rauchkringeln begleitet wurde, erfüllte die Höhle.

Ganz plötzlich hörte das Singen auf, und aus einer dunklen Ecke kam Wolkenstürmer mit einer großen, schweren Holzkiste wieder zu ihnen. Vorsichtig stellte er sie in die Kreismitte. Alle verfolgten jede seiner Bewegungen, als sich der Kyrie bückte, den verriegelten Deckel öffnete und – Caramon hielt die Luft an – einen seltenen Meeresdrachen herauszog.

Der Meeresdrache war groß. Mit seinem echsenartigen Kopf, der dicken, dunklen Schale, den Schwimmhäuten an den Zehen und den umfangreichen, paddelähnlichen Flossen ähnelte er einer Riesenschildkröte. Caramon wußte, daß diese wilden Tiere, die keine echten Drachen waren, dafür berüchtigt waren, Schiffe anzugreifen. Sie wurden selten lebend gefangen. Obwohl sie sowohl Luft als auch Wasser atmen konnten, überlebten sie auf dem Trockenen nicht lange.

Wolkenstürmer hielt ihn hoch und überreichte ihn mit theatralischer Geste Vogelgeist, der Caramon gegenüber saß. Der Kopf des Meeresdrachen peitschte herum, seine mächtigen Kiefer schnappten in die Luft. Minutenlang hielt Vogelgeist den Meeresdrachen über seinen Kopf, wobei er sang und murmelte, während das ungezähmte Tier mit aller Kraft bemüht war, sich seinem Griff zu entwinden und ihn anzugreifen.

Vogelgeist gab den Meeresdrachen an Wolkenstürmer zurück, der ihn dem nächsten Kyrie reichte. So ging es im Kreis herum, bis Wolkenstürmer das Tier zu Caramon brachte. Die anderen beobachteten ihn eindringlich. Aus der Nähe war das Meerestier abstoßend. Es kreischte, peitschte mit dem Schwanz, stieß mit dem Maul zu. Caramon zögerte einen Augenblick und nahm Wolkenstürmer den Meeresdrachen ab.

Er folgte dem Beispiel der anderen und hielt den Meeresdrachen über seinen Kopf, schwieg aber, während die anderen Kyrie für ihn sangen. Der Majerezwilling hielt das Tier hoch, bis ihm die Arme wehtaten. Dann nahm er ihn herunter und gab ihn Wolkenstürmer zurück.

Wolkenstürmer sah Caramon in die Augen und gab den Meeresdrachen an den nächsten Kyrie weiter.

Nachdem der Meeresdrache die Runde gemacht hatte, wurde der Gesang lauter, während Wolkenstürmer das Tier in der Mitte des Kreises auf den Boden drückte. Er zog ein langes, scharfes Messer heraus, und als das Tier sich im Bemühen zu fliehen herumwarf, stieß Wolkenstürmer ihm wieder und wieder das Messer in den Rücken, um die Schale zu durchbohren. Vogelgeist eilte mit einer Schale hin, mit der er das Blut und die Körpersäfte des Meerestiers auffing.

Nach einer Weile lag das Tier still. Einer der Kyrie brachte den toten Körper zurück in die Kiste und zog diese zur Seite.

Wieder wandte sich Wolkenstürmer zuerst Vogelgeist zu. Diesmal reichte er seinem Freund das Messer. Vogelgeist nahm das Messer und schnitt sich quer über den Unterarm, so daß Blut aus der Wunde tropfte. Wolkenstürmer fing etwas Blut in der Schale auf, nahm Vogelgeist dann die Schale ab und gab sie im Kreis weiter.

Einer nach dem anderen schnitten sich die anderen und ließen ihr eigenes Blut in die Schale mit den Körpersäften des seltenen Meeresdrachen tropfen.

Als das Messer bei Caramon ankam, sah er auf und begegnete wieder Wolkenstürmers Blick. Ohne zu wissen warum, aber im Vertrauen auf die Rituale dieser guten, ehrenvollen Rasse der Vogelmenschen, schnitt sich Caramon in den Unterarm. Da er unerfahren war, geriet ihm der Schnitt ziemlich tief, und nachdem Blut in die Schale gesprudelt war, mußte er die Hand auf den Arm drücken, um den Blutfluß zu stoppen.

Wolkenstürmer vollzog das Ritual als letzter.

Alles schwieg jetzt. Niemand sang mehr. Keiner rührte sich.

Wolkenstürmer kniete in der Mitte des Kreises. Er trank als erster aus der Schale. Er wollte sie Vogelgeist reichen, hielt dann jedoch noch einmal inne. Der Sohn von Sonnenfeder, Bruder von Morgenhimmel, Erbe der Herrschaft über die Kyrie, drehte sich um und brachte die Schale Caramon Majere.

Um ehrlich zu sein, wurde Caramon ganz schlecht bei dem Gedanken, diese Mischung zu trinken, aber bisher hatte er alles mitgemacht. Er würde tun, um was man ihn bat. Nachdem er die Schale mit beiden Händen umfaßt hatte, setzte er die lauwarme Flüssigkeit an die Lippen und würgte etwas davon herunter.

Als er aufblickte, entdeckte er Anerkennung in Wolkenstürmers Augen. Im Kreis sah er nickende Gesichter.

Die Schale ging im Kreis herum.

Caramon war nicht der einzige Krieger, dem in jener Nacht beim Meeresdrachenritual schlecht wurde. Minuten nach dem Trinken der Blutmischung war er hinausgerannt, um sich in der Dunkelheit mehrfach zu übergeben.

Hinterher erklärte Wolkenstürmer Caramon mit trockenem Grinsen, daß das nicht als unehrenhaft galt. Caramon hatte sich gereinigt und würde jetzt als einer von ihnen angesehen werden. Als Ehrenmitglied – denn er war kein Kyrie – ihrer Kriegergemeinschaft.

Kapitel 4

Die Grube des Untergangs

Früh am Morgen vor ihrem Aufbruch nach Atossa trank Tolpan die doppelte Dosis seines Tranks. Er sagte, er fände allmählich Gefallen an dem Geschmack – milchig, einen Tick süßlich –, so daß es für Fesz kein Problem darstellte, ihm alles einzuflößen.

Weil er den Kender gut kannte, wurde Dogz dazu ausersehen, sie auf der Reise von Lacynos nach Atossa und von dort aus weiter nach Karthay zu begleiten. Er sollte Tolpan bewachen.

»Nun, sagen wir lieber, als Leibwächter«, hörte Tolpan Fesz zu Dogz sagen.

Dogz stieß Tolpans neues Verhalten ab, denn er benahm sich weniger wie ein Kender als einfach böse. Der riesige Minotaurus versuchte, sich der Aufgabe durch Betteln zu entziehen, aber Fesz bestand auf Dogz' Begleitung.

»Er hält dich für seinen Freund«, sagte Fesz weise und fügte hinzu: »Außerdem ist das ein Befehl.«

In einem halben Tag brachten sie die Strecke nach Atossa mit einer königlichen Kutsche hinter sich, die von schlanken, schwarzen Pferden gezogen wurde. Gleichermaßen zur Schau wie zum Schutz donnerte ein Trupp komplett bewaffneter Minotaurensoldaten neben ihnen her und wirbelte Staubwolken auf. Die Straße war steinig und voller Schlaglöcher, so daß Minotauren und Kender wiederholt in ihren Sitzen durchgerüttelt wurden.

Durch die Fenster der Kutsche sah Tolpan kahle Wüste. Mit dem Lärm, dem Staub, der glühenden Hitze und der langweiligen Landschaft war es wirklich keine angenehme Reise, fand Tolpan. Obwohl er es lustiger fand als Fesz und Dogz, in seinem Sitz auf und ab zu hopsen.

Sie kamen zur Mittagszeit an und wurden mit viel Pomp begrüßt. Die Abordnung begrüßte Fesz so, wie es einem hohen Würdenträger zukam. Die Minotaurendelegation betrachtete Tolpan mit sichtlicher Neugier. Dogz stand mit finsterem Gesicht im Hintergrund.

Ein Minotaurus mit eindrucksvollen Abzeichen, der von einem Menschensklaven begleitet wurde, begann um Fesz herumzuschwänzeln. Er lud ihn zu einem Ehrenbankett ein. Aber Fesz, der schon wegen der heißen, lauten, durch und durch unangenehmen Reise schlechtgelaunt war, bestand darauf, auf der Stelle den gefangenen Menschen zu sehen – den, der nicht entkommen war.

»Ja, auf der Stelle! Oder es rollen Köpfe!« ergänzte Tolpan in einem Tonfall, der keinen Widerspruch duldete.

»Das ist er«, knurrte Dogz. »Das ist einer der Männer vom Schiff.« Fast schuldbewußt fügte er hinzu: »Wahrscheinlich hätten wir ihn gleich umbringen müssen, anstatt ihn über Bord zu werfen.«

»Natürlich hättet ihr das«, sagte Tolpan etwas eingeschnappt. »Jetzt schau dir nur an, was der für eine Aufregung verursacht hat. Wenn ihr mich gefragt hättet, hätte ich gesagt: ›Umbringen und fertig.‹ Was du heute kannst besorgen, das verschiebe nicht auf morgen – besonders wenn's ums Töten geht, wie ich immer sage. Natürlich war ich damals noch nicht richtig böse, also hätte ich vielleicht nicht gerade ›Umbringen und fertig‹ gesagt. Aber im nachhinein hast du absolut recht, Dogz.«

»Wie heißt er nochmal?« fragte Fesz, der den Kopf schief legte und den Menschen ansah.

Sie standen vor Sturm Feuerklinges Kerkerzelle. Sturm saß mit dem Gesicht zu ihnen auf einem Stuhl. Seine Hände waren hinter dem Stuhl mit einem Seil zusammengebunden. Der Mann aus Solamnia war voller Wunden und Blutergüsse, denn er war wohl erst kürzlich verprügelt worden. Aber die Minotaurenwachen hatten offenbar versucht, ihn herzurichten, damit er für den ungewöhnlichen Besuch dieses hohen Gesandten des Nachtmeisters manierlich aussah.

Sturm sah sie finster an. Er war überrascht und anfänglich erleichtert, Tolpan zu sehen, doch der Kender hatte ihn nicht begrüßt und verhielt sich abweisend. Sturm beobachtete verwirrt, wie Tolpan sich in verschwörerischem Flüsterton mit den Minotauren unterhielt. Der Kender verhielt sich wirklich merkwürdig. Der junge Solamnier konnte keinen Blick von Tolpan auffangen.

Was hatte er vor?

Einer der Minotauren war der seltsamste Vertreter dieser Rasse, den Sturm bisher gesehen hatte. Der breite Stiermensch mit den langen Hörnern war offensichtlich ein Würdenträger oder Hohepriester. Er war in Federn und Pelze gekleidet und bewegte sich feierlich, zielstrebig und würdevoll.

Sturm hatte den sicheren Eindruck, daß Tolpan als Kumpan oder Berater des Minotaurus tätig war.

»Sturm Feuerklinge«, sagte Tolpan, der verächtlich ausspuckte, was er sich von den Minotauren abgeguckt hatte. »Er hält sich für einen Ritter von Solamnia, aber in Wirklichkeit ist er keiner – nur ein weiterer trauriger Fall von fehlgeleitetem Ehrgeiz, wenn ihr mich fragt. Das ist eine lange Geschichte, und ich weiß nicht genau, ob ihr Näheres wissen wollt, aber soweit ich weiß, geht es bei seinem Vater –«

»Ich will ihn mir näher ansehen«, unterbrach Fesz ihn grollend.

Die Minotaurenwache hinter ihm gehorchte eilig. Die Tür wurde geöffnet, und Tolpan und Fesz betraten die Zelle.

Dogz wartete vor der Zelle, denn ihm war die ganze Situation gleichgültig.

Fesz näherte sich Sturm und betrachtete ihn stirnrunzelnd. Tolpan tat dasselbe. Er hoffte, Fesz würde bemerken, wie gut er jede Bewegung des Minotaurus nachahmte. Der Kender schob sein Gesicht direkt neben das von Sturm und legte den Kopf schief, genau wie der Minotaurenschamane das tat.

Da er bereits gelernt hatte, daß es in diesem Gefängnis ein Fehler war, impulsiv zu handeln, beschloß Sturm zu schweigen. Vielleicht würde er so einen Hinweis darauf bekommen, welches Spiel der unberechenbare Kender spielte.

»Ein großer Fehler«, sagte Tolpan verächtlich. »Offensichtlich haben sie den Kerl gefoltert, was eine phänomenale Zeitverschwendung ist. Er würde lieber sterben, als seinen Ehrenkodex brechen. Dasselbe gilt für Kitiara, falls ich es noch nicht erwähnt habe. Zeitverschwendung, sie zu foltern. Nur hat das in ihrem Fall nichts mit Ehre zu tun. Ist bloß reine Sturköpfigkeit. Wenn wir nach Karthay kommen, können wir das dem Nachtmeister sagen, falls er es noch nicht selbst herausgefunden hat. Hat er aber wahrscheinlich, wo er doch der Nachtmeister ist und so.«

Sturm hörte aufmerksam zu. Was plappert dieser Kender da über Kitiara, Karthay und jemanden namens Nachtmeister?

»Es ist vor allem dann eine Zeitverschwendung, Sturm zu foltern, wenn ihr nichts anderes machen wollt, als hauen und treten und ein bißchen schneiden. Sturm entstammt einer langen Reihe von traditionellem solamnischen Unsinn, und auf normale, körperliche Folter reagiert er nicht wie andere Menschen. Also, wenn du mich fragst, ich würde etwas Einfallsreicheres anstellen.«

Fesz ging hinter dem Gefangenen auf und ab. Der Minotaurenschamane holte mit weiten Nüstern tief Luft. Er senkte den gehörnten Kopf. Fesz hatte Sturm bereits vergessen. Er prägte sich den noch wahrnehmbaren Geruch des anderen Menschen ein. Dessen, den sie Caramon nannten. Raistlins Bruder.

Tolpan langte in seinen Beutel und wühlte darin herum. Er zog eine kleine Schere heraus. Mit der freien Hand ergriff er ein Ende von Sturms langem, herunterhängenden Schnurrbart.

»Das ist es, was ich tun würde«, schrie er triumphierend, während er ein Ende von Sturms Schnurrbart abschnitt. Sturm zuckte zusammen, sagte aber nichts. Wütend funkelte er den Kender an.

»Ja!« Stolz hielt Tolpan die braune Haarsträhne in die Luft, um sie Fesz zu zeigen. »Ja, das ist es, was ich Folter nenne! Diese Solamnier sind sehr stolz auf ihre Schnurrbärte. Oh, ja, sehr stolz!«

Mit breitem Grinsen trat er an Sturm heran. »Das wollte ich schon lange machen«, verspottete der Kender den jungen Solamnier. »Ja, sehr, sehr lange! Du glaubst, du bist so groß und mächtig, bloß weil du dir einen langen, trübsinnigen Schnurrbart wachsen lassen kannst. Tja, das könnte ich auch, wenn ich wollte. Ich könnte einen Schnurrbart haben, länger als ein Haarknoten. Ich –«

»Ich möchte sehen, wo der Kyrie gefangengehalten wird«, knurrte Fesz und schnitt Tolpan das Wort ab, »und wo der andere Mensch vor seinem Verschwinden zum letzten Mal gesehen wurde.«

»Ja, Exzellenz!« sagte die Wache, die loseilte, um sie zu führen. Die Wache packte den Kender an den Schultern und steuerte ihn aus der Zelle. Der böse Tolpan verrenkte sich im Griff des Minotaurus, um Sturm über die Schulter zuzukreischen: »Und ich glaube, du denkst, wir sind den ganzen Weg hierhergekommen, bloß um dich zu sehen, Herr Trübseliger Schnurrbart! Hah! Wir sind bloß gerade zufällig auf dem Weg nach Karthay, wo wir eine Verabredung mit dem Nachtmeister haben und einen großen, fetten, wichtigen Zauberspruch sagen wollen, der Sargonnas in diese Welt einläßt. Und hab' ich schon erwähnt, daß kein anderer als Kitiara Uth Matar schon dort gefangen sitzt, so daß wir noch wichtigere Leute zu foltern haben als dich...«

Sturm preßte die Lippen aufeinander.

Die Minotaurenwache ging einen Gang entlang. Fesz, der Tolpan vor sich her stieß, folgte ihr.

Es war Dogz, der stehenblieb und Sturm anstarrte. Der Minotaurus rieb sich betreten das Kinn, denn er fand, er hätte die beiden Menschen wirklich töten sollen, als er ihnen zum ersten Mal begegnet war. Nächstes Mal würde er es besser wissen. Jetzt steckte er bis zu seinem dicken Stiernacken in Dingen, die er nicht verstand. Seufzend folgte Dogz Tolpan, Fesz und der Minotaurenwache.

Sturm blieb mit einem halben Schnurrbart zurück und grübelte herum, was eigentlich los war.

Die drei Minotauren und Tolpan hielten auf das hinterste Ende des einen, schwach erleuchteten Gangs zu, wo ein einzelner Gefangener hinter Gittern steckte. Er war an einer Seitenwand angekettet.

Dieser Gefangene, erklärte Fesz Tolpan unterwegs, war ein Kyrie, einer der legendären Vogelmenschen, die in abgelegenen Gebirgsregionen von Mithas lebten. Die Kyrie waren eingeschworene Feinde der Minotaurenrasse und gerieten nur selten in Gefangenschaft.

»Dein früherer Freund, Caramon, hatte eine Vertrauensstellung, denn er brachte den anderen Gefangenen Wasser und Essen«, bemerkte Fesz. »Zuletzt wurde er vor der Zelle des Kyrie gesehen. Dann ist er spurlos verschwunden – wie durch Zauberei.«

Wenn er über Raistlin reden würde, Caramons Zwillingsbruder, stellte Tolpan mit weiser Miene fest, dann müßten sie alles Mögliche in Betracht ziehen. Unsichtbarkeitszauber, Zeitreisen, selbst eine Flucht in Gestalt eines Tausendfüßlers. Aber da es um Caramon ging, war der Kender sich sicher, daß keine Magie im Spiel war.

»Dieser Raistlin muß ein sehr mächtiger Magier sein«, knurrte Fesz beeindruckt.

»Ja, sehr mächtig«, stimmte Tolpan zu. Insgeheim fügte er für sich hinzu: Obwohl er eigentlich noch kein richtiger Magier ist. Laut sagte er: »So mächtig wie überhaupt einer. Ich würde nicht einmal zu raten wagen, wie mächtig, denn noch während ich mir die Zeit zum Raten nehme, würde Raistlin wohl einen oder zwei neue Sprüche lernen und noch mächtiger werden!«

Als sie an der Zelle des Kyrie ankamen, war Tolpan enttäuscht und verärgert. Außer den Beinen, die entschieden vogelähnlich waren, sah der Gefangene nicht gerade wie ein Vogelmensch aus. Der Kyrie war übel geschlagen worden, und seine Arme hingen schlaff an den Seiten herab. Ein armseliger Anblick.

Ein leises Zucken verriet Tolpan, daß der Kyrie am Leben war, aber nur gerade so eben. Vom äußeren Anschein her hätte er genausogut tot sein können.

Als Dogz sich vorbeugte und Tolpan zuflüsterte, daß die häßlichen, vereiterten Wunden auf dem Rücken des Kyrie die Stellen waren, wo man ihm die Flügel herausgerissen hatte, ging der Kender in die Luft.

»Was?« schrie Tolpan, der sich zu der Wache umdrehte und den Stiermenschen mehrmals kräftig gegen die knubbeligen Kniescheiben trat. »Da habe ich die Chance meines Lebens, kann einmal einen Blick auf einen Kyrie werfen, und ihr mußtet den Mann praktisch totschlagen und ihm die Flügel ausreißen? Hach, ohne Flügel sieht er doch praktisch aus wie ein Mensch – und dazu sind wir von Atossa hierhergefahren? Ihr hättet wenigstens warten können, bis –«

Fesz zog Tolpan von der erstaunten Wache fort, die dem Kender im ersten Impuls am liebsten eins auf den Kopf gegeben hätte, ehe sie es sich besser überlegte.

Der Wächter ging ein Stück den Gang hoch. Dogz folgte ihm, um ihm ruhig und mit gesenkter Stimme zu erklären, daß der Kender auf Geheiß des Schamanen einen gesinnungsverändernden Trank eingenommen hat. Solches Benehmen war zu erwarten und wurde sogar gutgeheißen.

Nachdem Fesz Tolpan beruhigt hatte, warf er einen Blick auf den bewußtlosen Kyrie. Dann studierte er das Innere und Äußere der Zelle. Langsam glitten seine Augen über den Boden, die Wände und die Decke. Er kniete sich hin und betastete mit seinen riesigen, starken Händen den festen Steinboden. Er ließ seine Finger über die Ritzen der Seitenwand gleiten. Er legte den Kopf schief, schloß die Augen und lauschte auf ungewöhnliche Geräusche. Dann schlug er sie wieder auf. Ein Stirnrunzeln legte sich über sein Gesicht.

»Das haben wir alles auch gemacht«, sagte die Minotaurenwache verdrossen zu Dogz. Die beiden standen immer noch ein Stück entfernt. »Wir haben auch nichts gefunden.«

Der Schamane riß die Hörner hoch, die beinahe die Decke berührten. Fesz warf der Wache einen vernichtenden Blick zu. Als der Wächter bemerkte, daß man seine Worte gehört hatte, schlug er die Augen nieder und starrte auf seine Füße.

Fesz trat zurück, um Tolpan suchen zu lassen.

Der Kender brannte darauf, sich zu beweisen. Er hatte Fesz genau beobachtet. Zuerst starrte Tolpan den Kyrie an. Dann untersuchte er das Innere der Zelle, wobei seine Augen argwöhnisch hin und her schweiften. In dem schwachen Licht konnte man kaum viel erkennen. Dann sah er sich im Gang vor der Zelle um. Er kniete auf dem Boden nieder und tastete nach allem Ungewöhnlichen. Er fuhr mit den Fingern an den Wänden entlang. Wie Fesz senkte er den Kopf, schloß und öffnete seine Augen und bemühte sich zu lauschen.

Er glaubte, er hätte irgendwo ein Rascheln gehört.

»Hat Caramon irgend etwas hinterlassen… auch nur den leisesten Hinweis?« fragte Tolpan.

»Nichts«, murmelte die Minotaurenwache weiter oben im Gang. »Nur die zwei Eimer, die er getragen hat. Sie standen auf dem Kopf.«

Fesz beobachtete den Kender genau.

Tolpan lief im Kreis, bis er wieder vor der Zelle stand. Er sah Fesz an. Er schaute wieder zu dem Kyrie. Langsam wanderte sein Blick zur Decke, die noch höher war als Caramon Majere – wenn auch nicht viel.

Ungefähr zwei Eimer und eine Armlänge höher, schätzte Tolpan.

»Ich glaube –«, setzte Tolpan an.

»Ja?« fragte Fesz begierig.

»Ich glaube«, erklärte der Kender mit lauter Stimme, »wir sollten Sturm Feuerklinge bestrafen!«

»Sturm Feuerklinge bestrafen?« wiederholte Fesz. Der Gesandte des Nachtmeisters klang verwirrt.

»Es geht ums Prinzip«, erklärte Tolpan noch lauter. »Das Prinzip ist, daß Sturm gewußt haben muß, daß Caramon einen Fluchtversuch plante, und da er sich weigert, uns zu helfen –«

»Wir haben bereits unser Bestes getan, es aus ihm herauszuprügeln«, warf die Wache vom Gang her ein.

»Euer Bestes!« fuhr der Kender hoch. »Du hast die Unverfrorenheit, mir zu sagen, ihr hättet euer Bestes getan?«

Dogz schnaubte, hielt aber den Mund. Obwohl die Minotaurenwache nicht übermäßig rasch lernte, erkannte sie, daß sie besser nichts mehr sagen sollte.

Tolpan drehte sich zu Fesz um, den er höchst feierlich fragte: »Gibt es irgendwelche minotaurischen Hinrichtungsarten, die wirklich einmalig sind?«

Fesz überlegte gründlich, denn er war entzückt, daß Tolpan seine Phantasie solchen wertvollen Zielen zugewandt hatte. »Nun«, antwortete der Schamane langsam, »die Grube des Untergangs ist ein besonders grausames Schauspiel, dem ich selbst – bevor ich aus Ergebenheit gegenüber dem Nachtmeister nach Karthay ging – immer gern zugeschaut habe.«

»Die Grube des Untergangs?« sinnierte der Kender. Tolpan gefiel der Klang.

»Ein Todestanz um höllische Löcher mit feuriger Flüssigkeit«, erläuterte der Minotaurenschamane kurz. »Eine Einrichtung, die um so demütigender ist, weil sie zur Unterhaltung von Horden von Zuschauern aufgeführt wird, die von einer Galerie aus zusehen.«

Tolpan riß die Augen auf. »Die Grube des Untergangs!« schrie er höhnisch. »Das ist es! Das ist die Strafe, die ich diesem arroganten Solamnier verpassen würde!«

»Das einzige Problem ist allerdings«, grollte Fesz, »daß wir innerhalb von drei Tagen in Karthay sein müssen.«

»Drei Tage!« wiederholte Tolpan laut, wobei er jedes Wort deutlich betonte. »Warum können wir den alten Sturm dann nicht morgen früh in die Grube des Untergangs stecken und mittags die Segel setzen?«

»Es spricht nichts dagegen«, stimmte Fesz zu. »Aber wir müssen rasch alle Vorbereitungen treffen.«

»Gut«, sagte der Kender. »Ich würde es als persönliches Privileg ansehen, Zeuge zu werden, wie Sturm bekommt, was er verdient. Außerdem bin ich unendlich neugierig auf Gruben aller Art, ob des Untergangs oder einfach –«

Fesz hatte sich bereits in Bewegung gesetzt.

Nach einem bedauernden, letzten Blick auf den Kyrie und einem hastigen Blick zur Decke eilte Tolpan dem Schamanen nach.

Der gebrochene Mann zuckte.

Dogz schnaubte.

Als Tolpan an dem Minotaurenwächter vorbeikam, blieb er stehen, um ihm einen festen Tritt gegen das Schienbein zu versetzen.

Am nächsten Morgen drängten sich hundert Stiermenschen in der kleinen, halbkreisförmigen Galerie an der einen Seite der Grube des Schicksals.

Schnaubend und stampfend zeigte das Minotaurenpublikum seine Ungeduld, während es auf die Ankunft der Beamten wartete, ohne die der Kampf auf Leben und Tod – zwischen dem hiesigen Champion, einem gnadenlosen Stiermann namens Tossak, und dem gefangenen Menschen, Sturm Feuerklinge – nicht beginnen durfte.

In einer zeremoniellen Prozession begleiteten ein Dutzend Beamte und der Gefängnisleiter Dogz, Tolpan und Fesz beim Betreten der Arena. Sie nahmen in einem abgetrennten Teil der Galerie Platz. Die Zuschauer verrenkten sich die Hälse, um den ungewöhnlichen Anblick eines Kenders nicht zu versäumen. Wie es dem Anlaß gebührte, saß Tolpan kerzengerade und schaute so finster drein, wie er konnte.

Der böse Kender Tolpan Barfuß hatte den Vorschlag gemacht, Sturm am Abend zuvor mitzuteilen, daß er sich am anderen Tag einem tödlichen Zweikampf zu stellen hatte. Er hatte die Ankündigung ohne Regung hingenommen.

Immerhin wurden seine Fesseln gelöst, und er bekam allerbeste Verpflegung und eine Matte zum Schlafen. Die Minotauren sagten ihm zu, daß er mit der Waffe seiner Wahl kämpfen dürfte. Nachdem er sich die Waffen angesehen hatte, die sie ihm zeigten, wählte Sturm ein langes, dünnes, zweischneidiges Schwert mit schön gearbeitetem Griff. Was immer auch in dem kommenden Kampf geschah, Sturm schwor sich, daß er eine gute Figur machen wollte.

Zerschlagen von der Folter und erschöpft von der Gefangenschaft, versuchte der junge Solamnier, die ganze Situation zu begreifen. Er versuchte zu begreifen, warum Tolpan mit diesen Minotauren gemeinsame Sache machte. Konnte es möglich sein, daß der Kender wirklich mit ihnen im Bunde war? Obwohl er so geschwächt war, lag Sturm die halbe Nacht grübelnd wach, ohne zu einem klaren Ergebnis zu kommen.

Am Morgen fuhr seine Hand gewohnheitsmäßig an seinen Schnurrbart, um nachdenklich daran zu zupfen. Der Solamnier fühlte nur dünne Luft. Betreten rieb sich Sturm die Wange, denn er erinnerte sich an den Hohn des Kenders, als dieser dem jungen Mann den halben Schnurrbart abgeschnitten hatte. Sturm wurde rot. Er war plötzlich sehr wütend, was seine Entschlossenheit zu kämpfen – und gut zu kämpfen – verstärkte.

Innerhalb einer Stunde stand Sturm am Ende eines Tunnels. Er hatte sein Schwert fest in der Hand. Auf ein Signal des Minotaurenwärters lief er den engen Gang entlang. Als er zum Eingang der Grube kam, fühlte er den ersten Schwall warmer Luft.

Beim Betreten des Schauplatzes sah Sturm das, was der Wärter als Grube des Untergangs umschrieben hatte. Es war eine große Senke, die von einer Art unterirdischer Wärmequelle erhitzt wurde. Die unterirdische Lava war am Grund der Schale an die Oberfläche durchgebrochen. Dort brodelte die siedende Lava und rülpste gelegentlich große Blasen sengend heißer Gase aus. Inseln aus schwarzem Gestein ragten aus der feurig heißen Flüssigkeit heraus. Sie waren durch Brücken miteinander verbunden, die sich hoch über die Lavagrube wölbten. Jeder Absturz würde den sicheren Tod bedeuten.

Die Hitze, die von der Lava ausging, versengte Sturm die Haut. Als er sich in der Grube umsah, mußte er gegen die Helligkeit und die durchdringende Hitze die Augen beschirmen.

Er musterte die Menge auf der Galerie auf der anderen Seite der Grube und sah keinen Tolpan zwischen den Minotauren. Das höhnische Geschrei setzte seinen Ohren zu, während der Gestank der Minotaurenmenge seine Nase überwältigte.

Direkt gegenüber von Sturm führte ein weiterer Tunnel in die Arena, dessen Eingang im Schatten lag. Sturm sah, wie eine gehörnte Gestalt in der Finsternis aufragte, die Öffnung erfüllte und dann ins Freie trat.

Sturm schätzte die Größe seines Gegners auf mindestens zwei Meter. Seine Hörner, die seiner Größe einen weiteren halben Meter hinzufügten, waren glänzend gewachst.

Weißblondes Haar strömte bis auf seine Schultern herab und dicker Pelz bedeckte die sichtbaren Stellen seiner Haut. Ein Ohr war von zwei großen Ringen durchbohrt, und die massige Brust bestand nur aus Muskeln.

In einer Hand trug er einen Mandoll – einen eisernen Handschuh der einzigartigen Machart, welche die Minotaurenchampions liebten, mit Stacheln an den Knöcheln und einer Dolchklinge an der Rückseite des Daumens. Die andere Hand umklammerte einen Clabbard mit scharfem Sägerand.

»Tos-sak! Tos-sak! Tos-sak!« stimmte die Menge an.

»Sturm! Sturm! Sturm!« quiekte eine Stimme, deren hohe Tonlage sie von der Minotaurenmenge abhob. Sturm erkannte sie als Tolpans.

Tossak begrüßte die Menge mit arrogantem Nicken. Dann warf der riesige Minotaurus einen wütenden Blick auf Sturm, blähte seine viehische Schnauze auf und stieß eine wilde Herausforderung aus.

Mit einer Schnelligkeit und Behendigkeit, die den Solamnier überraschte, stürmte Tossak auf ihn zu. Geschickt sprang er von einer schwarzen Felsinsel zur anderen, bis er an der Brücke war, die zu Sturm hinüberführte.

Wieder brüllte der Minotaurus seine Herausforderung und fuchtelte dabei zum Nachdruck mit seinem Clabbard in der Luft herum.

»Tos-sak! Tos-sak! Tos-sak!« rief die Menge.

Sturm wurde schwindelig. Das alles, die brüllende Hitze, die tobende Menge und der bellende Minotaurus brachten ihn aus dem Gleichgewicht. Sturm schüttelte den Kopf, um klar zu werden. Dann überraschte der Solamnier jedermann damit, wie schnell er sich bewegen konnte – von Tossak fort.

Mit einem weiten Sprung über eine Felsinsel gelangte Sturm auf eine andere Brücke, wo er Tossak gut im Blick hatte, vor einem unmittelbaren Angriff jedoch in Sicherheit war. Ritterliche Grundsätze umfaßten auch die Vorsicht, schärfte sich Sturm ein, und in diesem Fall erkaufte er sich Zeit, in der er herausfinden konnte, wie er den riesigen Tiermenschen am besten bekämpfen konnte.

Beim Rückzug des Menschen schnaubte Tossak wütend und scharrte mit seinen gespaltenen Hufen im Boden.

»Sturm! Sturm! Sturm!« feuerte Tolpan an.

Sturm riskierte einen Blick auf die Menge. Dort, fast in der Mitte der Menge, saß der Kender zwischen zwei Minotauren eingezwängt. Einer davon war der, mit dem er Tolpan am Vortag gesehen hatte, der Schamane mit seinen Pelzen und Federn.

Tolpan winkte Sturm fröhlich zu.

Noch ehe Sturm wieder auf die Arena achtete, stürmte Tossak los. Wieder sprang er über die dunklen Gesteinsinseln, wobei er die Hitze in der Grube, die Sturms Augen verbrannte, nicht wahrzunehmen schien.

Wieder machte der Stiermann kurz vor Sturm auf der anderen Seite der Brücke halt. Wieder brüllte er seine Herausforderung.

Und abermals drehte sich der Solamnier um und rannte in die entgegengesetzte Richtung davon. Er sprang über die Inseln und rannte über Brücken, bis er so weit wie möglich von Tossak entfernt war, ohne die Arena zu verlassen.

Die Hitze zehrte an Sturm. Der schweißgebadete Solamnier mußte sich zwingen, aufmerksam zu bleiben. Unter ihm blubberte am Grund der Grube die heiße Lava.

»Tos-sak! Tos-sak! Tos-sak!«

»Sturm! Sturm! Sturm!«

Inzwischen war Tossak davon überzeugt, daß sein Gegner ein Feigling war. Der Minotaurenchampion verdrehte die Augen und zuckte mit den Schultern, was ihm weiteren Jubel von der Menge einbrachte. Er drehte sich um und schlenderte in Sturms Richtung. Diesmal ließ er sich Zeit bei der Überquerung der Inseln und Brücken, bis er auf Waffenlänge von dem Solamnier entfernt an einer kurzen Steinbrücke stand.

Wieder schwang Tossak seine Waffe in der Luft, schrie und gestikulierte.

Die Menge brach in tosenden Jubel aus...

...worauf Sturm über die Brücke angriff. Das Schwert hielt er ausgestreckt vor sich, so daß es auf den Minotaurus zeigte.

Sturm konnte nichts anderes denken als, wie langsam seine Beine sich zu bewegen schienen, wie schwer das Schwert in seinen Händen lag, wie bald nichts mehr eine Rolle spielen würde, weil er tot sein würde. Der Solamnier war nicht gerade in der besten Verfassung, einen Minotauren auf Leben und Tod zu bekämpfen. Nachdem er die Tage im Meer gerade so überlebt und weitere Tage rauher Behandlung im Gefängnis von Atossa verbracht hatte, kam sich Sturm vor, als würde er durch einen von Schlingpflanzen durchwucherten See waten.

Im Augenblick jedoch war er im Vorteil. Da Tossak den Angriff nicht erwartete, weil er vom Gebrüll der Menge abgelenkt war, und gar nicht recht glauben konnte, was Sturm nach seiner vorherigen, scheinbaren Feigheit da tat, reagierte er erst im allerletzten Moment auf seinen Gegner.

Dann schwang der Minotaurus fast reflexartig die Hand mit dem Handschuh und fing Sturms Schlag ab. Der Klang von Sturms Schwert, das auf den eisernen Handschuh traf, hallte durch die Arena. Die Waffe des Ritters fiel zu Boden und rutschte über die Brücke, um zitternd am Rand liegenzubleiben.

Sturm warf sich hinterher, während Tossak ihn nun ernstlich verfolgte. Sturm ergriff das Schwert gerade noch rechtzeitig, um es hochzuschwingen und eine Hüfte von Tossak aufzuschlitzen.

Der Minotaurus schrie vor Wut auf und wich zurück, allerdings nur kurz. Dann stürmte Tossak vor und packte mit seinem Handschuh Sturms Schwert, entriß es dem Griff des Solamniers und warf es über die Seite der Brücke in die Grube, wo es in die feurige Flüssigkeit sank.

Die Menge jubelte zufrieden.

Tossak wischte Blut von seinem Bein und leckte daran, während er Sturm im Auge behielt. Dann näherte er sich dem Solamnier und schwang dabei seinen schweren Clabbard. Sturm kroch eilig vom Rand der Brücke weg. Verzweifelt suchte er einen Ausweg.

Der Minotaurenchampion schwang seinen Clabbard in einem knappen Halbkreis und kam nur wenige Fingerbreit neben Sturms Stirn herunter. Als Tossak wieder ausholte, duckte Sturm sich zur Seite und griff dann von unten so an, daß Tossak auf die Brücke fiel und seinen Clabbard losließ. Bevor der mehr erstaunte als verletzte Tossak reagieren konnte, war es dem Solamnier gelungen, die Waffe über die Seite der Brücke zu treten, wo sie in die Feuergrube rutschte.

Die Menge knurrte vor Aufregung.

Tossak sprang auf die Beine. Er heulte vor Wut und Demütigung, als er auf Sturm zustampfte, der fast taumelnd zurückwich.

Ein schwerer Schlag traf den Solamnier ins Gesicht und schlug ihn nieder. Ein Tritt ließ ihn wegrollen. Er fing sich gerade rechtzeitig am Rand der Brücke ab. Sturm versuchte, wieder aufzustehen, doch Tossak war genau neben ihm. Der Minotaurus schloß seine schwere Hand um einen von Sturms Knöcheln und hob ihn derart hoch, daß der junge Solamnier über den Rand der Lavagrube baumelte.

Während Sturm sich vergeblich wand und mit den Armen fuchtelte, sah er unten nichts als wogende Lava.

Glühende Hitze umfing Sturm.

Tossak hob triumphierend den Kopf, als er seine baumelnde Beute der Menge vorführte. Sein Tiergesicht sprang zu einem höhnischen Grinsen auf. Er holte tief Luft und stieß ein ohrenbetäubendes Gebrüll aus.

Die Menge brüllte zurück.

Der Minotaurenkämpfer hob die Hand mit dem Handschuh und löste den Dolch aus, der an der Rückseite seines Daumens verborgen lag. Die scharfe, gekrümmte Klinge schnappte auf. Tossak schickte sich an, dem Leben seines unfähigen Gegners mit einem letzten Stich ein Ende zu setzen.

Tolpan hatte das Duell voller Faszination beobachtet. Aber etwas fehlte bei der ganzen Sache, fand er, etwas, das die ungleiche Chancenverteilung wettmachen würde. Der Kender rutschte auf seinem Platz hin und her und erwartete ungeduldig eine unerwartete Wendung.

Tossak hielt Sturm mit einer Hand hoch und ließ ihn über den Rand der Brücke baumeln. Gleich würde er ihn fallen lassen. Als der riesige Minotaurus die tödliche Klinge am Daumen seines Mandollhandschuhs öffnete und der Menge zu verstehen gab, daß Sturm dem Tode nahe war, bemerkte Tolpan einige Schatten, die über die Arena flogen.

Der Rest der Menge bemerkte sie zur selben Zeit.

Auch Tossak.

Eine exakt gezielte, gekrümmte Keule traf Tossak auf den Arm, der Sturm hielt, während eine zweite, diesmal dornenbespickte, ihm ins Gesicht geschlagen wurde.

Um an seine frischen Wunden zu greifen, ließ Tossak Sturm los.

Sturm stürzte auf die glühende Lava zu. Doch eine Gestalt sauste unter ihn und fing ihn auf. Der benommene Solamnier spürte, wie er aufwärts getragen wurde.

Überall herrschte Chaos, die Minotauren waren außer sich.

Fesz, der mit offenem Mund dastand, war zutiefst erschüttert. Das konnte nur ein böses Omen sein, diese zweite Flucht eines Menschen, und diesmal so kurz vor dem Zeitpunkt, den der Nachtmeister für das Kommen von Sargonnas angesetzt hatte.

Tolpan hüpfte herum. Ihm gingen fast die Augen über angesichts dieses Spektakels. »Da ist er!« rief er Dogz und Fesz zu und zeigte auf eine starke Gestalt mit langen, braunen Haaren, die in den Klauen des einen Kyrie hing. »Das ist der Kerl, von dem ich euch erzählt habe – das ist Caramon!«

Eine Minotaurenwache rannte auf die Angreifer zu und schwang mit beiden Händen einen Dreizack in einem weiten Kreis in der Hoffnung, einen der verhaßten Vogelmenschen zu treffen.

Zwei Dornenkeulen trafen ihn gleichzeitig. Der Minotaurus stürzte und sank mit einem entsetzlichen Schrei in die Lavagrube, während die Vogelmenschen aus der Arena brausten und zum Himmel aufstiegen.

Blut strömte aus den Wunden, die für immer Narben auf Tossaks Gesicht hinterlassen würden. Der Minotaurus stand auf der Brücke und schüttelte die Faust mit dem Handschuh gegen den Himmel.

Der Nachtmeister auf Karthay machte sich wegen der wachsenden Anzahl unheilverkündender Vorzeichen allmählich Gedanken.

Er hatte bereits entschieden, daß es Zeitverschwendung wäre, die Menschenfrau zu foltern. Außerdem lag ihm gar nicht so viel daran, sie zu quälen.

Er hatte viel wichtigere Pläne mit ihr. Sie würde als Köder für die anderen Menschen dienen, die in der Gegend gesichtet worden waren. Wenn das nicht klappte, würde sie bei dem Spruch für Sargonnas von Nutzen sein – als Blutopfer.

Die junge Frau hatte ihnen wirklich zu schaffen gemacht, seit beobachtet worden war, wie sie um das Lager des Nachtmeisters in den vulkanischen Ruinen der einst berühmten Stadt Karthay herumschlich.

Obwohl sie höchstens halb so groß war wie ein durchschnittlicher Minotaurus, hatte sich die Menschenfrau nicht schlecht geschlagen. Einem Minotaurus hatte sie mit dem Schwert den Hals durchbohrt, und einem anderen hatte sie die Hand abgeschlagen, bevor sie gefaßt worden war. Nachdem die schlanke, dunkelhaarige, laut fluchende Frau ins Lager geschleppt worden war, hatte sie sich geweigert, dem Nachtmeister auch nur das Geringste über sich oder ihr Vorhaben zu verraten.

Erst durch sein ausgezeichnetes Spionagenetz fand der Nachtmeister heraus, daß sie die Halbschwester des jungen Magiers Raistlin aus Solace war – Kitiara Uth Matar. Und wenn Kitiara auf Karthay war, würde Raistlin Majere auch bald kommen.

Kitiara wurde in Sichtweite des Lagers in einer Art Zelle festgehalten, einem großen Käfig aus Holzlatten, den die Minotauren aus Lacynos für Tiere hergebracht hatten. Zunächst war sie unendlich lästig gewesen, denn sie fauchte und spuckte dauernd die Minotauren an, die bei ihr Wache hielten. Jetzt hatte der Nachtmeister Kitiara mehrere Tage hungern lassen, worauf sie sich allmählich etwas beruhigte.

Es war nicht Kitiara Uth Matar, die dem Nachtmeister Sorgen machte.

Es war das Gefühl – wie ein Stein in seinem Herzen –, daß etwas gewaltig schieflief. Zuerst waren da der Kender und seine beiden menschlichen Begleiter, die das Jalopwurzpulver von dem Verräter Argotz gekauft hatten. Mit Argotz hatte er abgerechnet, und der Kender war gefangengenommen und in einen Verbündeten verwandelt worden. Fesz verbürgte sich für die Ergebenheit von Tolpan Barfuß und war mit ihm auf dem Weg nach Karthay.

Die beiden Menschen hätten im Blutmeer ertrinken müssen, hatten jedoch irgendwie überlebt und waren im Gefängnis von Atossa aufgetaucht. Unglücklicherweise hatte der Nachtmeister davon zu spät erfahren. Auf irgendeine geheimnisvolle Weise, die die Gefängnisbeamten noch immer nicht durchschauten, war einem der Menschen die Flucht geglückt. Das war Raistlins Zwillingsbruder, Caramon. Das allein war schlimm genug.

Jetzt kam die Nachricht, daß auch der andere Mensch entkommen war – auf erstaunliche Art. Nachdem der Möchte-Gern-Ritter von Solamnia zum Tod in der Grube des Untergangs verurteilt worden war, hatten die Kyrie diesen Sturm Feuerklinge im letzten Moment durch einen Luftangriff gerettet. Trotz aller Bemühungen der minotaurischen Soldaten waren die Kyrie nach Norden geflohen, in ihren verborgenen Schlupfwinkel in den Bergen.

Die Nachricht von Fesz besagte, daß der böse Kender, Tolpan Barfuß, schwor, er hätte gesehen, daß Caramon Majere die waghalsige Rettungsaktion bei Tageslicht befehligt hatte.

Die beiden Menschen, Caramon und Sturm, mußten eine Art Bündnis mit den Vogelmenschen geschlossen haben, den erklärten Feinden der Minotauren.

Das war wirklich beunruhigend, wie der Nachtmeister fand.

Auch dem Obersten Kreis wurde bei den Berichten von diesen Geschehnissen unwohl. Dazu kam, daß sich die Orughi zierten, große Truppen dem Kommando der Minotauren zu unterstellen. Die Ogerstämme hatten geradeheraus gesagt, daß sie nicht an dem Versuch der Versklavung der Welt teilnehmen würden, bis sie den Beweis für die Existenz von Sargonnas gesehen hatten.

Auch auf andere Partner konnte er sich nicht mehr richtig verlassen.

Der Nachtmeister bückte sich und ließ graue Vulkanasche durch seine Finger rieseln. Er war von einer eingeäscherten Stadt umgeben, deren Treppen nirgendwo hinführten, deren Säulen nichts mehr trugen. Ein langer Tisch und ein Stuhl standen am flackernden Feuer. Ein Regal enthielt Bücher, aber auch Becher mit Spruchingredienzien.

Das Zimmer war eher eine Ansammlung von Möbeln als ein Zimmer, denn es hatte weder Wände noch Türen noch eine Decke. Es lag offen unter dem schwarzen, abweisenden Himmel in der Mitte der Ruinen.

Dieser Teil der alten Stadt war einst der Eingang zur großen Bibliothek gewesen. Jetzt war es nichts als kaltes, vulkanisches Gestein.

Der Nachtwind zog durch die Federn und Glöckchen des Nachtmeisters. Er warf einen Blick auf die Menschenfrau in ihrem Holzverschlag. Obwohl Kitiara tagelang nichts gegessen hatte, war sie voller Energie und lief ruhelos in ihrem Gefängnis umher.

Der Nachtmeister sah zu seinen höchsten Akolythen hinüber, den zwei Mitgliedern der Hohen Drei, die hiergeblieben waren, als Fesz nach Mithas abgereist war. Sie drängten sich aneinander und schliefen, nur durch eine Decke geschützt, im Sitzen.

Minotaurensoldaten patrouillierten um das Lager herum.

Seufzend blickte der Nachtmeister zum Himmel, auf die Monde und die Sterne.

Noch drei Tage, zwei Nächte.

Es waren nur noch wenige Stunden bis zur Morgendämmerung. Noch ein paar Stunden eisiger Kälte, bis nach Sonnenaufgang die gnadenlose Hitze wiederkehren würde. Der Nachtmeister machte sich Sorgen, doch er vertraute weiter auf Sargonnas. Nachdem er sich in seinen Mantel gewickelt hatte, legte sich der Nachtmeister auf den kalten Boden und schlief sofort fest ein.

Kapitel 5

Die Insel Karthay

Die beschädigte *Castor* war dabei, aus der Bucht in die offene See einzufahren. Während er dem Schiff von der Küste aus nachsah, zog Tanis den Sack zurecht, den er auf dem Rücken hatte. Er enthielt ein paar Vorräte, die Kapitän Nugeter ihnen überlassen hatte. Neben ihm stand Flint, der von einem Bein aufs andere trat, um dadurch sein verwundetes Bein möglichst zu entlasten, ohne daß es jemand bemerkte. Kirsig jedoch betrachtete den Zwerg besorgt.

Yuril und die anderen vier Matrosinnen von der *Castor*, die beschlossen hatten, daß der Dienst auf einem halben Wrack nicht nach ihrem Geschmack war, zogen gerade ihre beiden kleinen Boote den Strand hinauf. Tanis hoffte, daß sie nicht eine unangenehme Arbeit gegen eine schlimmere eingetauscht hatten.

Raistlin stand abseits von den anderen mit dem Rücken zum Meer und musterte das Gelände.

Der schmale, steinige Streifen Strand ging in niedrige Sanddünen über. Dahinter stieg das Land an und bildete ein Labyrinth aus Schluchten und Plateaus. Soweit das Auge reichte, war die Gegend kahl und wenig einladend.

Obwohl es noch Vormittag war, brannte die Sonne heiß und hell vom Himmel. Ein trockener Wind wirbelte den Sand an der Küste auf. Tanis merkte, wie der Staub in seine Kehle drang.

Eine Hand streifte den Arm des Halbelfen. Sie gehörte Raistlin. Der junge Zauberer hatte die unangenehme Angewohnheit, sich so leise zu bewegen, daß es schwer war, ihn im Auge zu behalten.

Raistlin schien von der aufgebrochenen, herben Landschaft wenig abgeschreckt zu sein. »Ich rechne mit zwei Tagesreisen ins Landesinnere, bis wir die Ruinen der alten Stadt erreichen«, sagte der Magier leise zu Tanis. »Glaubst du, daß Flints Bein mitspielt?«

»Sein Bein ist viel besser«, erwiderte Tanis. »Der alte Zwerg hält wahrscheinlich länger durch als wir alle.«

Beide Männer warfen einen Blick auf Kirsig, die sich um Flint bemühte, wohl um ihm eine Salbe für sein Bein anzubieten, während der Zwerg grummelnd versuchte, sie zu verscheuchen. Aber nicht allzu nachdrücklich, wie Tanis feststellte. Er und Raistlin grinsten sich an.

Als Tanis sich wieder umdrehte, schwand sein Anflug von guter Laune. »Raistlin, fragt sich nur: Was ist unser Ziel? Du hast uns nicht gerade viel über den Spruch erzählt, der deiner

Meinung nach ein Portal öffnet, um diesen bösen Gott oder was-auch-immer in die Welt zu lassen.«

Raistlin bemerkte nicht nur die Ungeduld, sondern auch den Hauch von Skepsis in Tanis' Stimme. »Du hast doch bestimmt im Land des Volks deiner Mutter etwas über die alten Götter gelernt«, antwortete der junge Magier, obwohl er wußte, daß jede Anspielung auf Tanis' gemischte Herkunft den Halbelfen verletzen konnte. Raistlin sah, daß seine Worte getroffen hatten, denn Tanis stieg die Röte ins Gesicht.

»Ich kann nicht schwören, daß der Spruch, den ich entdeckt habe, ein Portal öffnet oder ob alte Götter wie Sargonnas mehr als Sagen sind«, fuhr der Zauberer schroff fort. »Ich weiß allerdings, daß es ein alter und mächtiger Zauberspruch sein müßte. Und ich weiß eines: Wenn die Möglichkeit besteht, daß Sargonnas in diese Welt eintritt, dann ist es an uns, dies um jeden Preis zu verhindern.«

»Was ist mit Sturm und Caramon und Tolpan? Sind die irgendwo auf dieser Insel?« fragte Tanis. »Sind die nicht der Grund, warum wir eine so weite Reise hinter uns haben?«

»Ich kann keinen Zauberstab schwenken, um festzustellen, ob sie hier sind oder nicht«, fauchte Raistlin, »aber du hast gehört, was Kirsig gesagt hat. Die Minotauren schließen Bündnisse mit anderen Rassen. Wenn, wie ich vermute, die Minotauren in ihrem uralten Traum befangen sind, die Welt zu erobern, und dazu Sargonnas holen wollen, damit er ihnen hilft, ist es egal, wo Caramon und die anderen sind. Wir schweben alle in höchster Gefahr.«

Raistlin hielt inne und atmete tief durch. Sichtlich ruhiger fuhr er fort: »Das Jalopwurzpulver war nur eine der benötigten Zauberzutaten. Der Zauber verlangt auch ein akzeptables Blutopfer für Sargonnas. Ich vermute, daß man Caramon, Sturm und Tolpan vielleicht deshalb in diesen Teil der Welt geschleppt hat. Einer von ihnen könnte das benötigte Opfer sein.

Wir haben wenig Zeit. Der Zauber kann nur bei bestimmten Konjunktionen von Sonne, Monden und Sternen stattfinden. Diese Konjunktionen kommen nur alle hundert Jahre einmal vor, und die nächste ist in nur drei Nächten.

Jetzt laß mich dir eine Karte zeigen, die ich aus einem alten Atlas in Morats Bibliothek abgemalt habe.«

Tanis wartete. Er war überzeugt. Mit Flint und Kirsig, die die heftige Diskussion mitangehört und sich zu ihnen gesellt hatten, betrachtete der Halbelf ein Stück Pergament, das Raistlin hervorgezogen hatte. Es war mit krakeligen Linien und geographischen Symbolen bedeckt. Yuril und die anderen Seefahrerinnen kamen eilig dazu. Alle drängten sich um den jungen Magier.

»Ich glaube, der Zauber wird irgendwo in oder bei den alten Ruinen der Stadt Karthay gesprochen werden«, sagte Raistlin. »Die Stadt wurde während der Umwälzung durch einen Vulkanausbruch zerstört und unter tonnenweise Asche und Lava begraben. Für die Minotauren ist es ein heiliger Ort.« Er zeigte auf eine Stelle der Karte, wo ein Bergzug eingezeichnet war. »Sargonnas ist der Gott der Wüsten, des Feuers und der Vulkane«, fügte er hinzu.

»Der Karte nach müßten wir eigentlich rechtzeitig ankommen, aber die Reise dürfte gefährlich werden. Jedem, dem diese Aussichten nicht zusagen, steht es frei, hierzubleiben und auf uns zu warten.« Dabei sah Raistlin auf, schaute aber nicht Flint an, sondern Yuril und ihre Matrosinnen.

Diese hatten anscheinend schon über das Risiko gesprochen. »Ich habe eine offene Schuld zu begleichen«, meinte die sehnige Yuril, »und meine Freundinnen hier ziehen nicht zum ersten Mal auf Abenteuer aus. Ich spreche für alle, wenn ich sage, daß wir unser Glück mit euch versuchen wollen.« Yuril hatte das voller Stolz gesagt. Eine Hand lag am Griff des Kurzschwerts, das an ihrer Hüfte hing. Man sah die Muskeln ihrer gebräunten Unterarme.

Wir können von Glück sagen, daß sie und die anderen dabei sind, dachte Tanis.

»Diese tote Stadt«, meldete sich Flint, »ist doch sicher gut bewacht, und Sturm und Caramon und der verwünschte Kender ebenso. Was hast du vor, wenn wir dort sind?«

»Das weiß ich nicht«, gestand Raistlin. »Ich kann es erst sagen, wenn wir wissen, wie viele Soldaten das Gebiet bewachen. Gemeinsam«, fügte er mit einem Blick auf Tanis hinzu, »sollten wir einen Plan ausklügeln können.«

Tanis merkte, wie es ihm eng ums Herz wurde, weil er einmal mehr an Kitiara dachte. Er wandte sich von der Gruppe ab und tat so, als wollte er das unwirtliche Land betrachten.

Sie folgten Raistlins Karte und wählten einen Pfad an einem Fluß entlang, der vor langer Zeit vom Dach der Welt zum Meer geströmt war. Jetzt war er ausgetrocknet und hatte nur aufgesprungene, von der Sonne zusammengebackene Erde zurückgelassen.

Der Flußlauf führte durch zahllose Abgründe und Schluchten bergauf und bergab. Nach Möglichkeit hielten sie sich an das staubige Flußbett. Zu anderen Zeiten folgten sie dem trockenen Fluß auf höher gelegenen Pfaden. Dann liefen sie im Gänsemarsch auf schmalen Uferwällen entlang. Den ganzen Tag behielten sie ihren Kurs bei, kamen aber durch das Hoch- und Runterklettern und die vielen Biegungen so unüberschaubar langsam voran, und Tanis fragte sich, welche Strecke sie eigentlich wirklich zurückgelegt hatten. Während sie auf einem der vielen Plateaus eine Pause einlegten, war der Halbelf froh, als er sah, wie weit das Blutmeer hinter ihnen lag, derweil ein gewaltiger Bergzug etwas nähergerückt war.

Das Land wirkte leer – frei von Bewuchs, Tieren, von allem Leben. Der starke, trockene Wind fegte über die höheren Erhebungen, blies ihnen ins Gesicht und trieb ihnen Sand in die

Augen und in die Kehle. Über ihnen glühte die Sonne und verbreitete eine Hitze wie in einem Ofen, die höchstens die tiefsten Felsschluchten ausnahm. Wenn sie jedoch plötzlich bergab in kühle Schatten eintauchten, spürten sie den Hauch von etwas Schlimmerem – der bitteren Kälte des Landes bei Nacht.

Am späten Nachmittag war die kleine Gruppe erschöpft und entmutigt. Raistlin und Tanis führten die Reihe an, denn gemeinsam leiteten sie die Gruppe. Flint und Yuril bildeten die Nachhut. Schweigend durchwanderten die Gefährten den Grund einer Schlucht, waren jedoch nicht mehr so zuversichtlich, daß sie den richtigen Weg eingeschlagen hatten.

Ganz plötzlich stießen Raistlin und Tanis hinter einer Biegung auf eine glatte Felswand, die unerklimmbar vor ihnen aufragte. Rechts und links ging es senkrecht fünfzig Fuß in die Höhe. Wieder einmal hatte die Gruppe keine andere Wahl als umzukehren und in den eigenen Fußstapfen zurückzulaufen.

Bis Flint und Yuril aus der Schlucht geklettert waren und Raistlin das trockene, gewundene Flußbett unten wieder sichtete, ging bereits die Sonne unter. Tanis spürte einen ersten Kälteschauer, als Dunkelheit sich über dem Land ausbreitete. Er sah Flint auf den Boden sinken. Sein Gesicht war von Schweiß und Dreck verschmiert. Die meisten der Seefahrerinnen folgten seinem Beispiel sofort.

Raistlin warf neben ihm einen Blick auf die Karte. Er drehte das Pergament in den Händen, um irgendwie herauszufinden, welches der beste Weg war.

»Der alte Fluß teilt sich immer wieder und ändert die Richtung«, sagte der junge Magier erschöpft.

»Deine Karte muß hundert Jahre alt sein«, sagte Tanis. »Wer weiß, wie viele Erdrutsche und Erdbeben es seitdem hier gegeben hat?«

Raistlin sah ihn stirnrunzelnd an.

»Ich glaube nicht, daß einer von uns heute noch weiter

kommt«, meinte der Halbelf leise mit einem Wink auf die Gruppe, die hinter ihnen zusammengesunken war.

»Ich habe dir gesagt«, erklärte der Zauberer scharf, »daß es schwerwiegende Folgen haben kann, wenn wir nicht innerhalb von zwei Tagen in Karthay sind.«

»Vielleicht sind die Zwillingsmonde später in der Nacht so hell, daß wir ein gutes Stück schaffen«, sagte Tanis diplomatisch. »Aber hier und jetzt wäre es das beste, wenn wir Rast machen und essen. Außerdem meine ich, ich hätte tagsüber ein paar Gruben von Ameisenlöwen gesehen, und da wollen wir doch kaum im Dunkeln hineinstolpern.«

Flint war hinter ihm aufgetaucht. »Gruben von Ameisenlöwen?« fragte der Zwerg besorgt. »Ich stimme Tanis zu. Laßt uns hier das Nachtlager aufschlagen.«

Raistlin zögerte.

»In einer der Schluchten wäre es geschützter«, fügte Flint hinzu, »aber wir wären auch leichter anzugreifen.« Tanis nickte.

Mit einem tiefen Seufzer gab Raistlin nach. Sein blasses, abgespanntes Gesicht verriet plötzlich starke Erschöpfung. Tanis war ziemlich sicher, daß der junge Zauberer nicht mehr lange durchgehalten hätte.

Jeder war froh über diese Entscheidung.

Als die Nacht hereinbrach, fiel die Temperatur immer weiter ab. Der Wind wurde bitterkalt. Sie lagerten hinter ein paar Felsen. Obwohl die Felsen gegen den beißenden Wind nur einen armseligen Schutz boten, hatten sie einen anderen Vorteil, wie Flint auffiel. »Im Dunkeln wird es jedem Angreifer schwerfallen, zu unterscheiden, was Stein ist und was lebendig«, sagte der Zwerg, »und wir werden doppelt so viele erscheinen, wie wir wirklich sind.«

Yuril meldete sich freiwillig zur abendlichen Jagd, aber Tanis schlug ihr Angebot aus. »Es ist schon zu dunkel«, erklärte

Tanis. »Wenn überhaupt jemand jagen geht, dann ich, da ich nachts sehen kann. Aber selbst wenn ich etwas erlegen würde, könnten wir es nicht kochen. Raistlin und ich sind uns einig, daß wir kein Feuer machen sollten, bis wir ganz sicher sind. Auf diesem hohen Plateau wäre ein Feuer wie ein Leuchtturm.«

Die kleine Gruppe drängte sich im Windschatten der Steine zusammen. Tanis ging von einem zum anderen, um den Proviant zu verteilen, den er trug – kleine Stücke Brot, Trockenfrüchte und eine halbe Tasse Wasser für jeden. Sie waren den ganzen Tag an keinem Bach, keiner Quelle vorbeigekommen, wo Tanis seinen Wasserschlauch hätte auffüllen können. Als er bei Flint ankam, bemerkte Tanis, daß Kirsig nicht wie üblich an der Seite des Zwergs war.

»Wo ist Kirsig?« fragte der Halbelf irritiert.

»Keine Sorge«, raunzte der Zwerg. »Die ist weggehuscht, um irgendwas zu machen, nachdem du dich übers Feuer ausgelassen hast. Jetzt habe ich wenigstens mal meine Ruhe.«

Erschrocken über diese Neuigkeit blickte Tanis auf das dunkle Plateau hinaus, sah jedoch keine Spur von der Halbogerin. Trotz seiner Proteste spähte auch Flint nervös in die anbrechende Nacht. Da kam Kirsig herangetrottet. Sie hatte eine dicke Tasche dabei.

»Hallo, ihr Süßen. Ihr habt euch doch keine Sorgen um mich gemacht, oder?« fragte sie und kniff Flint in die Wange. »Ich dachte bloß, da wir nicht soviel Grünzeug dabei haben, sollte ich mal sehen, was ich ausgraben kann. Und ich hab' gegraben!« Triumphierend hiel sie die Tasche hoch.

»Schmackwurzeln«, verkündete Kirsig. Sie streckte ihnen den Sack entgegen und bestand darauf, daß jeder etwas von seinem Inhalt nahm. Tanis griff hinein und wählte das kleinste Exemplar, das er finden konnte. Die Schmackwurzel war grün, fleischig und feucht. Von der Konsistenz her ähnelte sie einer rohen Kartoffel. Tanis knabberte an einem Ende der Wurzel.

Sie schmeckte süß und besänftigte seine Kehle beim Schlucken mit willkommener Feuchtigkeit.

»Das Beste auf der Welt, wenn man mitten in der Wüste festsitzt, sagte mein Papa immer«, schwatzte Kirsig, während sie die Schmackwurzeln verteilte.

Raistlin war gleich nach Tanis gekommen und griff zu. »Ich habe schon von Schmackwurzeln gelesen«, sagte der junge Magier, der die exotische Wurzel eifrig probierte. »Die Pflanze heißt auch Wüstenbalsam und hat schon vielen Reisenden das Leben gerettet, die in trockenen Gegenden gestrandet sind. Aber es überrascht mich, daß jemand bei Nacht welche finden und ausgraben kann.« Bei einem Blick auf Flint sah Tanis, daß der graubärtige Zwerg strahlte wie ein Lehrer, dessen Lieblingsschüler seine Sache gut gemacht hat.

Die Schmackwurzeln vertrieben fürs erste den Trübsinn, der sich bei Einbruch der Dunkelheit unter den Wanderern ausgebreitet hatte. Jeder aß sich satt, und trotzdem hatte Kirsig für den kommenden Tag noch eine Tasche übrig. Nach diesem Abendessen gingen alle daran, sich bestmöglich auf eine unruhige Nacht auf kaltem, hartem Boden vorzubereiten. Wolken zogen vor die Sterne. »Ich übernehme die erste Wache«, meldete sich Tanis freiwillig.

»Ich würde auch gern die erste Wache nehmen«, erklärte Raistlin zur Überraschung von Tanis und Flint. »Ich bin noch nicht müde genug zum Schlafen«, meinte der Magier, »und ich könnte in der Stille meine Gedanken ordnen.«

Tanis zögerte kurz. Dann zuckte er mit den Achseln. Nachdem er sich jedoch einige Minuten herumgewälzt hatte, stellte er fest, daß er ebenfalls nicht schlafen konnte. Er stützte sich auf einen Ellbogen, dann setzte er sich auf. Langsam gewöhnten sich seine Augen an die Finsternis, so daß er mehr sehen konnte als die Auras, die seine normale Nachtsicht ihm zugestand.

Raistlin lehnte an einem Felsen und blickte in den Himmel. Die Haare fielen ihm ins Gesicht. Der junge Magier schien ganz in Gedanken zu sein.

Tanis zuckte zusammen, als ein lautes Grollen die Stille durchbrach. Dann mußte er lächeln, da es nur Flints Schnarchen war, das heute abend von Kirsigs verstärkt wurde. In den Schnarchpausen drang ein Rascheln wie von Sandpapier oder von einem kleinen Nachttier, das über den Boden huscht, an sein Ohr.

Tanis hob abrupt den Kopf. Raistlin tat dasselbe, wie er sah.

Das sandpapierartige Wispern war lauter geworden, bis es nicht mehr vom Boden, sondern oben vom Himmel zu kommen schien. Tanis sah nichts, bis er ein schweres Gewicht auf seine Schultern fallen spürte. Dazu kam das Gefühl, erstickt zu werden. Er versuchte, einen Warnruf auszustoßen, doch beim Einatmen fühlte sich sein Mund so an, als wäre er voller Federn. Als er nach dem Messer an seinem Gürtel greifen wollte, merkte er, daß er die Arme nicht bewegen konnte, denn sie waren an seine Seiten gedrückt. Scharfe Krallen piekten in seinen Hals.

Erstickte Geräusche von außerhalb seines Federkokons verrieten ihm, daß die anderen in derselben prekären Lage steckten. Plötzlich erklang über seinem Kopf eine klare, melodische Stimme, die in der Gemeinsprache sagte: »Das sind keine Stiermenschen. Sie sind mehr wie du und dein Freund.«

Der Federkokon ging auf, und eine Fackel vor Tanis' Gesicht blendete den Halbelfen kurzfristig. Tanis sah sich in einer kraftvollen Umarmung gefangen.

»Tanis, der Halbelf! Ich wußte nicht, ob ich dich je wiedersehen würde. Und Raistlin, mein Bruder!«

Jetzt war der Magier an der Reihe, sich in Caramons feste Arme schließen zu lassen.

Raistlin lächelte breit. »Wir haben erwartet, einen Gefangenen zu finden, Bruder, keinen Häscher«, meinte der junge Zauberer. »Aber wie ich Tanis schon sagte, ich habe damit gerechnet, daß wir dich irgendwie wiederfinden würden – am Leben und wohlauf.«

Die Zwillinge standen Seite an Seite. Caramon hatte seinen starken Arm um die schmalen Schultern seines Bruders gelegt. Im flackernden Licht der einzelnen Fackel staunte Tanis nicht zum ersten Mal, wie die Majerezwillinge zugleich so ähnlich und doch so verschieden sein konnten. In diesem Augenblick wurde der Unterschied von dem federbesetzten Lederriemen verstärkt, den Caramon um den Kopf trug. Dazu die Federn, die aus seinen Schultern zu sprießen schienen, aber zweifellos nur an seine Tunika genäht waren.

Als er sich im flackernden Fackelschein umsah, kam es Tanis so vor, als ob denen, die Caramon begleiteten, auch Federn wuchsen. Tanis blinzelte. Der Halbelf war sich nicht ganz sicher, aber diese großen Wesen – sie waren mindestens einen Kopf größer als Caramon, und der war schon über sechs Fuß groß – schienen statt Armen Flügel zu haben!

Flint, der zu ihm trat, blickte die Neuankömmlinge mißtrauisch an und stellte die naheliegende Frage: »Willst du uns nicht deinen Freunden vorstellen oder ihnen wenigstens sagen, daß sie uns nicht als Feinde anzusehen brauchen?« fragte der Zwerg Caramon mit einem nervösen Blick auf die gefiederten Wesen.

Caramon grinste breit. »Ich bitte um Verzeihung. Aber ihr braucht keine Angst zu haben.« Er zeigte auf das halbe Dutzend Wesen, die mit ihm eingetroffen waren – die nämlich ihn und Sturm durch die Luft getragen hatten. »Das sind meine Freunde, die Kyrie, ein edles Volk und eingeschworene Feinde der Minotauren. Sie haben Sturm und mich aus dem Kerker gerettet, als wir auf der Insel Mithas eingesperrt waren.«

Er drehte sich etwas und zeigte auf den Kyrie neben Raistlin.

»Wolkenstürmer, das sind mein Bruder Raistlin und meine Freunde, Flint Feuerschmied und Tanis, der Halbelf, aus Solace. Die Frauen kenne ich nicht«, fügte Caramon hinzu. Er warf einen kritischen Blick auf Kirsig und dann einen ausgesprochen anerkennenden Blick auf Yuril und ihre Matrosinnen. »Auch wenn ich mich darauf freue, sie kennenzulernen«, endete er mit einem deutlichen Zwinkern an die statuenhafte Yuril. Sie erwiderte die Geste nicht, kehrte sich aber auch nicht ab.

»Wo ist denn Sturm?« fragte Flint, der nicht bereit war, seine lebenslange Skepsis bezüglich merkwürdiger Rassen einfach so fallenzulassen, bloß weil Caramon es sagte. »Und, auch wenn ich gar nicht sicher bin, ob ich das wirklich wissen will, was ist mit Tolpan?«

»Ich bin hier«, kam eine rauhe Stimme von außerhalb der Reichweite der Fackel. Der Kyrie, Vogelgeist, trat beiseite, um den Blick auf Sturm freizugeben, der sich gerade aufrappelte. Zu seiner großen Beschämung war der Solamnier kurz nach der Landung der Kyrie im Lager der Freunde ohnmächtig geworden. Seit seiner Rettung aus der Grube des Untergangs waren erst eineinhalb Tage vergangen. Sturm hatte noch keine Gelegenheit gehabt, sich von all dem zu erholen, was er durchgemacht hatte – schiffbrüchig, eingesperrt, geschlagen und im Duell fast getötet. Er hinkte zu ihnen.

Flint starrte ihn an. In dem schwachen Licht sah Sturms Gesicht eigenartig schief aus. »Was hast du denn mit deinem Schnurrbart gemacht?« fragte der Zwerg ungläubig.

»Ach was, Schnurrbart. Siehst du denn nicht, daß es dem armen Kerl schlecht geht?« schalt Kirsig, die an Sturms Seite eilte. »Komm her, Süßer, laß mich dir helfen.«

Obwohl er viel zu wohlerzogen war, um vor dem grotesken Aussehen der Halbogerin zurückzuschrecken, sah Sturm Flint fragend an.

»Oh, keine Sorge. Die ist in Ordnung«, sagte der Zwerg schroff. »Und gar nicht so übel als Heilerin.«

Raistlin meldete sich zu Wort. »Sie ist erheblich besser als das, Sturm. Kirsig war während unserer Seereise und unserer bisherigen Wanderung unbezahlbar.« Yuril und die anderen stimmten murmelnd zu. Mit vor Freude rotem Gesicht nahm Kirsig Sturms Hand und führte ihn zu ihrem Gepäck.

»Was machst du eigentlich hier?«

Diese Frage kam Caramon und Raistlin gleichzeitig von den Lippen. Trotz der kalten Nachtluft und trotz der widrigen Umstände mußten die Zwillinge sich angrinsen.

»Ich vermute, daß wir uns lange Geschichten zu erzählen haben. Vielleicht sollten wir erst einmal Feuer machen, um beim Erzählen unsere Knochen zu wärmen«, schlug der Kyrie mit Namen Wolkenstürmer vor.

»Wir haben kein Feuer gemacht, weil wir fürchteten, es könnte verraten, daß wir hier sind«, erklärte Tanis.

»Keine Bange«, versicherte ihm Wolkenstürmer. »Unsere Späher durchstreifen den Himmel über der Insel. Im Westen gibt es nur rauhe, unwirtliche Wüste, weit im Norden einen bergigen Regenwald. Die einzigen Minotauren, die wir gesichtet haben, lagern am Fuß der Gipfel vom Dach der Welt in den Ruinen der alten Stadt Karthay. Auf dem Landweg sind es von hier aus zwei bis drei Tage, für einen Kyrie nur einige Flugstunden.«

Die Kyrie hatten eine kleine Menge Feuerholz und Zunder dabei. Als schließlich ein Feuer brannte, hatten alle bessere Laune. Die gemischte Gesellschaft kauerte sich um die Flammen.

Kirsig machte Wasser heiß, um einen besonderen Tee für Sturm zu brauen, der jetzt, bei Licht betrachtet, blaß und mitgenommen aussah. Caramon hingegen wirkte dünner, aber robuster. Er war immer noch eine eindrucksvolle Erscheinung.

Jedenfalls war Yuril, die dem jungen Krieger gegenüber saß, augenscheinlich dieser Meinung.

Während Sturm seinen Tee schlürfte, erzählte Caramon von dem Verrat an Bord der *Venora*, dem Zaubersturm, der ihn mit Sturm und Tolpan über Tausende von Meilen ins Blutmeer versetzt hatte, der Entführung von Tolpan, und wie man sie über Bord geworfen hatte. Über seine und Sturms lange, qualvolle Tortur im Meer ließ Caramon sich nicht weiter aus. Als er aber über ihre Gefangenschaft in Atossa zu reden begann, richtete Raistlin sich auf und hörte besonders interessiert zu.

»Zuerst hatten uns die Minotauren wohl gefangengenommen, um Sklaven aus uns zu machen. Oder wir sollten zu ihrem Spaß als Gladiatoren kämpfen«, erzählte Caramon.

»Aber nachdem die Kyrie Caramon gerettet haben, kamen ein paar hochrangige Minotauren und stellten Fragen«, warf Sturm mit leiser Stimme ein. »Sie kannten deinen Namen, Raistlin – und auch Kitiaras – und erwähnten einen gewissen Nachtmeister. Das Seltsamste daran war, daß Tolpan bei ihnen war und ihnen zu helfen schien.«

»Tolpan?« fragte Flint ungläubig. »Ich habe den kleinen Kender nie für einen Helden gehalten, aber daß er gemeinsame Sache mit den Minotauren macht, die dich gefangenhalten – vielleicht haben sie ihn nur unter irgendeiner Drohung mitgeschleppt, damit du glaubst, er würde ihnen helfen. Um deinen Widerstand zu brechen.«

»Keiner hat Tolpan zu irgend etwas gezwungen«, erwiderte Sturm bitter. »Er hat ihnen freiwillig die Feinheiten der Folter erklärt. Außerdem war es Tolpan Barfuß, der meinen Schnurrbart abgeschnitten hat!« Sturm schwieg, um seinen Zorn zu beherrschen. »Und was viel schlimmer ist: Es war Tolpan, der vorgeschlagen hat, daß ich ein Duell auf Leben und Tod in der Grube des Untergangs kämpfen sollte.

Nach allem, was ich mitbekommen habe, bevor unsere

Freunde, die Kyrie mich retteten, glaube ich, daß die Minotauren Kitiara irgendwo auf dieser Insel gefangenhalten. Deshalb sind wir hierhergekommen, ohne überhaupt zu ahnen, daß ihr in der Nähe seid.«

»Wir versuchen, jede ungewöhnliche Truppenbewegung der Minotauren im Auge zu behalten«, fügte Wolkenstürmer hinzu. »Vor einigen Monaten haben wir beobachtet, daß sie in den Ruinen der alten Stadt Karthay ein Lager aufgebaut haben. Jetzt sieht es so aus, als würden mit jeder Woche mehr Stiermenschen dort eintreffen.«

Raistlin war inzwischen so aufgeregt, daß er aufgestanden war und umherlief, während Caramon, Sturm und Wolkenstürmer ihre Geschichte erzählten.

»Der Nachtmeister muß damit rechnen, daß wir bereits hier sind«, warf Raistlin ein. »Das ist nicht gut. Und jetzt wissen wir, daß sie Kitiara haben. Das ist eine noch schlimmere Nachricht. Was du nicht weißt, Caramon, ist, daß die Minotauren sich hier versammelt haben, um einen mächtigen Zauber zu wirken, der einen ihrer bösen Götter in unsere Welt einlassen soll. Und für diesen Spruch braucht man einen Nichtminotauren als Opfer.«

»Wer ist dieser Nachtmeister?« wollte Flint wissen.

Tanis hatte gerade dieselbe Frage auf den Lippen.

»Er ist ihr oberster Schamane«, antwortete Raistlin. »Der Nachtmeister ist der, der den Spruch sagen würde, um das Portal für Sargonnas zu öffnen.«

Caramon und Sturm wirkten befremdet. Raistlin erklärte ihnen und den Kyrie rasch alles, was ihm, Tanis und Flint geschehen war – die magische Botschaft, die er von Tolpan erhalten hatte, der Besuch beim Orakel und die Reise durch das Portal nach Ogerstadt, die Flucht mit Kirsig aus Ogerstadt, ihre ereignisreiche Reise über das Blutmeer bis zu ihrer Ankunft auf der Insel Karthay.

»Der Grund unseres Kommens«, erläuterte der junge Magier, »ist, daß ich beim Stöbern in der Bücherei auf einen alten Spruch gestoßen bin. Der Spruch hat mich nicht mehr losgelassen, und ich hatte Tolpan bereits losgeschickt, um eine seltene Zutat dafür zu kaufen, das Jalopwurzpulver. Erst danach wurde mir die volle Tragweite meines Handelns bewußt. Der Spruch, der gerade vorbereitet wird, würde den bösen Herrn der Finsteren Rache, Sargonnas, in die Welt der Materie einlassen. Unterstützt von meinem Zaubermeister habe ich weiter geforscht und kam zu dem Schluß, daß der Spruch vom Nachtmeister der minotaurischen Nation auf der Insel Karthay gesprochen werden müßte.

Kirsig hat uns gesagt, daß die Stiermenschen Bündnisse mit den Ogern und anderen schändlichen Rassen schließen. Ich fürchte, das ist Teil ihres Plans, Sargonnas in unsere Welt zu holen und alles für die Eroberung Ansalons in die Wege zu leiten.«

»Sargonnas«, zischte Wolkenstürmer.

»Du hast also schon von ihm gehört?« fragte Raistlin.

»Eine Kyrielegende berichtet von einem Sargonnas, einem riesigen, roten Kondor, der unser Volk vor vielen Generationen heimgesucht hat. Er überredete einen unserer wankelmütigsten Edlen, dem Kondor den heiligsten Gegenstand unserer Nation, den Nordstein, auszuliefern. Damit konnten die Kyrie einst zwischen allen Inseln und Landmassen der Welt navigieren, anstatt in dieser kleinen Ecke im ständigen Krieg mit unseren Feinden, den Minotauren, festzusitzen«, erklärte Wolkenstürmer. »Wenn Sargonnas auf seine Wiederkehr hofft, ist das eine sehr schlechte Nachricht für mein Volk. Wir werden euch mit allem helfen, was in unserer Macht steht.«

Einen Augenblick schwieg alles, denn die enorme Aufgabe, die vor ihnen lag, bedrückte die Gruppe. Was machen wir jetzt? Diese Frage lag jedem auf der Seele.

»Bis zum Morgen können wir überhaupt nichts tun«, beantwortete Tanis die unausgesprochene Frage. »Versuchen wir also, ein wenig zu schlafen.«

Jetzt bestand die Gruppe aus acht Menschen, dazu einem Zwerg, einem Halbelfen, einer Halbogerin und sechs Kyrie. Weitere Kyrie kundschafteten Teile der Insel aus, aber am Morgen hatte erst einer das Lager erreicht. Das machte sieben Kyrie. Raistlin machte es Mut, daß die Kyrie die anderen in zwei Schichten an einen Ort nahe des Lagers des Nachtmeisters in der Ruinenstadt fliegen konnten. Erst würden die Kyrie Raistlin, Tanis, Caramon, Sturm und Yuril bringen. Nach kurzer Rast würden sie dann Flint, Kirsig und die Matrosinnen holen.

Trotz des Zeitaufwands für das zweimalige Hin und Her würde die Reise viel weniger Zeit beanspruchen als der Marsch über Land. Die Gefährten würden einen Tag vor der Himmelskonjunktion, die Raistlin für grundlegend wichtig für den Spruch hielt, am Rand der Ruinenstadt eintreffen.

Flint, der bereits das Blutmeer hinter sich hatte, hatte es nicht eilig, von den gefiederten Vogelmenschen durch die Lüfte getragen zu werden, ganz gleich, wie edel oder freundlich sie sich Caramon und Sturm gegenüber verhielten. »Mir macht es nichts aus, mit den ganzen Frauen hierzubleiben«, sagte der Zwerg. »Macht mir gar nichts aus. Erstmal will ich zusehen, wie ihr alle auf Himmelsfahrt geht, und wenn ihr nicht hinunterfallt oder abstürzt oder von der Sonne gebraten werdet, dann komme ich nach, keine Sorge.«

»Ich lasse dich ungern zurück«, sagte Tanis.

»Keine Sorge«, scherzte Flint. »Schließlich paßt Kirsig auf mich auf.«

Tanis lächelte. »Ja«, gab der Halbelf zu. »Ich glaube, sie kann es bald mit Lolly Ockenfels aufnehmen.«

»Das ist das letzte Mal, daß ich versuche, ein vernünftiges Gespräch mit dir zu führen, Tanis Halbelf!« explodierte Flint und wurde knallrot. »Kein Respekt! Du hast keinen Respekt vor mir!«

Flint zeterte weiter, während Tanis und die anderen abhoben.

Die Kyrie hatten Zeit gehabt, für ihre Passagiere Geschirre aus Leder und Seilen herzustellen. Die starken Klauen der Vogelmenschen würden die Geschirre packen und die Menschen so tragen. Das war nicht die anmutigste Art zu fliegen, wie Tanis fand – an den Schultern aufgehängt und mit baumelnden Beinen. Aber es mußte reichen.

Ein Kyrie namens Herz des Sturms trug den Halbelfen. Stundenlang schlugen seine großen Schwingen stetig weiter, während unter ihnen das Land vorbeizog. Manchmal konnte Tanis einen Blick auf die anderen erhaschen, aber zu anderen Zeiten war die Kyrieformation in den Wolkenbänken nicht zu sehen. Tanis war glücklich über den Schatten vom Herz des Sturms, denn wieder brannte die Sonne vom Himmel.

Als sie sich dem Dach der Welt näherten, rückten die Kyrie enger zusammen und flogen tiefer. Wolkenstürmer, der Caramon trug, schlug einen weiten Bogen nach Westen und landete auf einem hohen Plateau, von dem aus man im Osten die Ruinenstadt überblicken konnte, während im Westen der Vulkan Weltendach schlummerte. Die Kyrie legten nur eine kurze Pause ein. Sie warteten, bis Tanis und die anderen ihre Geschirre abgelegt hatten, und brachen dann wieder auf, um die zu holen, die sie zurückgelassen hatten.

Die alte Stadt, die nur wenige Meilen entfernt lag, sah wie eine graue, pockennarbige Mondlandschaft aus. Aus dieser Entfernung konnten die Gefährten keinen Hinweis darauf erkennen, daß dort jemand lebte – nur geborstene Türme und meilenweit von Lava überkrustete Ruinen. Weiter im Norden ragte das Dach der Welt auf, ein dunkler, drohender Wall, das seinen Schatten über die Ruinen von Karthay warf.

Raistlin brach das ehrfürchtige Schweigen der Gruppe, die den Anblick betrachtete. »Yuril, du wartest hier mit Sturm auf die anderen«, entschied der Zauberer. »Caramon, Tanis und ich erkunden die unmittelbare Umgebung, damit wir sicher sind, daß keine Minotauren in der Nähe sind. Vielleicht finden wir auch etwas zum Abendessen.«

Yuril nickte kühl. Während die anderen einen Pfad hinunterliefen, begann sie, an einem Stein ihr Schwert zu wetzen. Sturm, der immer noch nicht ganz bei Kräften war, streckte sich neben ihr auf der Erde aus.

Selbst so weit von der Stadt entfernt lag noch schwarze Asche auf dem Boden. Eine halbe Meile weiter gabelte sich der Pfad. Raistlin rieb sich das Kinn, als er dastand und beide Möglichkeiten in Betracht zog. Beide Wege führten bergab.

»Hier lang«, zeigte Caramon.

»Nein«, sagte Tanis, der auf den anderen Weg zeigte. »Hier lang.«

»Ich gehe da lang«, sagte Raistlin und wählte den Weg, auf den Tanis gewiesen hatte, »und ihr zwei probiert den anderen Pfad aus.«

Sowohl Caramon als auch Tanis waren entgeistert, daß Raistlin allein gehen wollte, aber keinem von ihnen fiel ein passender Einwand ein. Der Magier starrte sie kühl an.

»Nun?« fragte er nach.

»Meinst du – meinst du nicht, wir sollten zusammenbleiben?« stammelte Caramon.

Tanis nickte zustimmend.

»Es wäre besser, beide Richtungen zu überprüfen«, sagte Raistlin.

»Nur...«, sagte Tanis.

»Nur was?« fragte Raistlin mit finsterem Blick.

»Wir sollten nur übereinkommen«, meinte der Halbelf, »daß wir uns in zwei Stunden wieder hier treffen.«

»Einverstanden.«

»Ruf uns, wenn du etwas siehst«, fügte Caramon hinzu.

»Natürlich«, sagte Raistlin gereizt.

Mit gemischten Gefühlen sahen Tanis und Caramon, wie Raistlin allein losging. Dann seufzten sie einträchtig und nahmen den anderen Weg.

Die beiden hatten Glück. Caramon tötete eine fette Schlange, aus der man eine Suppe kochen konnte, und Tanis fand ein paar eßbare Nüsse an einem struppigen Busch, der sich an die Felsen klammerte. Sie fanden keine Spur von Minotauren oder anderen Feinden. Nachdem sie den Pfad eine Stunde lang erkundet hatten, kehrten sie um. Über eine Stunde warteten sie am verabredeten Ort, aber Raistlin tauchte nicht auf. Besorgt kletterten sie zu dem Platz hoch, wo Sturm und Yuril warteten, denn sie hofften, der Magier wäre während ihrer Abwesenheit zurückgekehrt. Aber Raistlin war nicht dort.

Gerade jetzt kamen die restlichen Kyrie mit Flint, Kirsig und den Matrosinnen. Flint war kreideweiß und fluchte unablässig. Kirsig behauptete, sie hätte noch nie etwas Aufregenderes erlebt. Die Matrosinnen nahmen alles gelassen hin. Sie waren erfahrene Reisende, und wenn das Blutmeer sie nicht umgebracht hatte, nun, dann würden sie wohl kaum während eines Flugs mit den Kyrie sterben.

»Habt ihr von oben meinen Bruder Raistlin gesehen?« fragte Caramon Wolkenstürmer besorgt.

»Nein«, sagte Wolkenstürmer stirnrunzelnd. »Ist er denn nicht hier bei euch?«

»Nein«, erwiderte Caramon aufgeregt. Wütend trat der Krieger gegen einen Stein. »Das hätte ich wissen müssen«, murmelte Caramon. Finster hockte er sich auf einen Felsen.

Flint sah Tanis fragend an. Der Halbelf zuckte mit den Schultern. »Caramon hat recht«, sagte Tanis mürrisch. »Wir hätten es wissen müssen.«

Wolkenstürmer ging zu Caramon und setzte sich neben ihn auf den Boden. »Ist dein Bruder in Sicherheit? Ist er allein losgezogen? Was glaubst du?«

»Ich glaube«, sagte Caramon kläglich, »daß mein lieber Bruder sich weggeschlichen hat, um auf eigene Faust etwas gegen diesen Nachtmeister zu unternehmen. Ich hoffe bloß, er bringt sich dabei nicht um.«

»Tja«, trieb Flint sie an, »Raistlin hat gesagt, der große Zauber findet morgen abend statt. Was also wollen wir bis dahin unternehmen?«

Lastendes Schweigen breitete sich aus.

»Ich hatte die Vorstellung«, sagte Tanis leicht beschämt, »daß Raistlin sich etwas ausgedacht hatte. Falls er nicht zurückkommt, müssen wir erraten, was es war – oder uns selbst etwas ausdenken.«

»Er kommt nicht zurück«, sagte Caramon niedergeschlagen.

»Dann müssen wir entsprechend handeln«, bestimmte Wolkenstürmer. Der Kyrie teilte seine Krieger ein. Die Hälfte sollte den Himmel durchstreifen, die Ruinenstadt auskundschaften und nach Möglichkeit mit den anderen Kyrie Kontakt aufnehmen, die die Insel absuchten. Diese sollten sich dringend der Hauptgruppe anschließen. Drei Kyrie sollten zurückbleiben, Wache halten und im Lager helfen.

»Wir müssen bei Einbruch der Nacht zurück sein«, wies Wolkenstürmer Vogelgeist an, der erster Kundschafter war, »oder spätestens bis Sonnenaufgang. Wie wir es auch anstellen, wir müssen morgen angreifen.«

Kirsig, Yuril und die Matrosinnen fingen an, das Lager aufzuschlagen. Flint, Sturm, Tanis und Caramon sahen, wie die anderen sich pflichtbewußt an die Arbeit machten. Dann sahen sie einander betreten an. Die Gefährten versuchten, ihre Angst um Raistlin zu vergessen, und packten mit an.

Kapitel 6

Der Nachtmeister

Einige Meilen vor der Ostspitze von Karthay, in der See bei Spornheim, versammelten sich Hunderte von Orughi. Ihre grauen, muskelbepackten Schultern ragten aus dem Wasser, während ihre Füße mit den Schwimmhäuten unter der Oberfläche paddelten. Ihre aufwärts gerichteten Gesichter zeigten eine hohe Stirn, eine platte Nase, spitze Ohren, Knopfaugen und strähniges, goldenes Haar, das tropfnaß herabhing. Einige trugen Streitäxte und Dolche, während andere ihren Eisenbumerang mit der langen Metallschnur, die Tonkk, dabeihatten.

Die Orughi schauten nach Westen. Weil sie amphibische Lebewesen waren, konnten sie tagelang schwimmen, ohne müde zu werden. Jetzt paddelten die Orughi herum, denn sie warteten auf ein Zeichen von Sargonnas.

Einige Meilen weiter und tiefer in der Straße vom Land Ho wartete unter einer Dunstglocke eine mit Ogern bemannte Kriegsflotte darauf, das Bündnis mit den Minotauren zu besiegeln. Es waren nur Dutzende, nicht Hunderte von Schiffen, aber jedes stand für einen Ogerstamm, jedes wurde von einem Häuptling dieser verhaßten Rasse geführt. Auf ein Zeichen würden sie sich in Bewegung setzen. Jetzt schaukelten die Kriegsschiffe fast friedlich im Wasser und warteten auf ihre Stunde.

Die Oger hielten Abstand von ihren im Wasser lebenden Vettern, den Orughi. Sie verachteten die begriffsstutzigen Orughi und würden sich nicht mit den Wasserogern zusammentun, ehe Sargonnas das forderte.

Im Moment betrachtete Oolong vom Xak-Clan, der zum Flottenkommandanten der Oger ernannt worden war, die ferne Orughihorde durch sein Fernrohr. Oolong Xak seufzte verstimmt, kratzte seinen verlausten Kopf und fuhr mit schmierigen Fingern durch sein langes, plattgedrücktes Haar. Jeder Oger, der etwas auf sich hielt, würde sich schämen, sich in einem Krieg mit den Orughi zu verbünden, aber die Minotauren hatten die Oger schon fast dazu überredet. Mit Versprechungen und Geschenken hatten sie sie geködert. Aber Oolong Xak war nicht der einzige unter ihnen, dessen Zweifel erst durch den letzten Beweis von Sargonnas persönlich ausgeräumt werden würden.

Viele Meilen entfernt, im Palast der Stadt Lacynos auf der Insel Mithas, erwarteten die acht Minotauren des Obersten Kreises und ihr König den großen Zauber mit unterschiedlich großer Begeisterung, Ungeduld und Skepsis.

Der König der Minotauren wünschte sich die Eroberung Ansalons sehnlichst, weil er seine Untertanen mit der Größe und Reichweite seiner Macht beeindrucken wollte. Der König hatte Truppen gestellt und viel Geld für die umsichtigen Pläne des Nachtmeisters gegeben. Der Erfolg würde seiner Weisheit zugeschrieben werden.

Sein einziger, überzeugter Mitstreiter war Atra Cura, der blutrünstige Abgeordnete der minotaurischen Piraten. Für Atra Cura und seine bunte Gefolgschaft war jeder Krieg ein guter Krieg, denn in dem Chaos, das unweigerlich auf den Schiffsrouten des Blutmeers ausbrechen würde, war für sie viel zu holen.

Dutzende von Kriegsgaleeren standen im Hafen von Lacynos bereit, und viele Dutzend weitere wurden in den Buchten und Häfen von Mithas gezimmert. Akz, der Anführer der minotaurischen Marine, hatte seine Sklaven gnadenlos angetrieben, um die Termine einzuhalten. Allerdings war er geteilter Meinung über die großen Pläne des Nachtmeisters und mehr oder weniger unentschieden. Akz war kein besonders religiöser Minotaurus, und er war lange genug Mitglied des Obersten Kreises, um zu wissen, daß Kriegspläne kamen und gingen.

Immerhin hatte bisher noch nie jemand den Versuch gewagt, Sargonnas in die Welt zu rufen. Dazu brauchte man Kühnheit und Ehrgeiz, gab Akz zu. Aber falls der Spruch sein Ziel nicht erreichte – na und? Die Galeeren konnten für andere, zukünftige Unternehmungen genutzt werden. Akz hatte es nicht eilig, seine Schiffe und seine geschulten Leute in einem unübersehbaren, langwierigen Krieg zu opfern, wenn nicht klar war, daß die Götter persönlich ihn guthießen. Deshalb würde Akz keinen Finger krumm machen, solange Sargonnas ihn nicht persönlich dazu aufforderte.

Obwohl Inultus, der Befehlshaber über das minotaurische Heer, Akz haßte, stimmten sie in Kriegsfragen stets überein. Auch Inultus würde mit Freuden seine Legionen gut gedrillter

Soldaten hergeben... wenn Sargonnas dies verfügte. Andernfalls sah Inultus keinen Grund, einen in der Geschichte einmaligen und höchst geschmacklosen Pakt mit den Ogern und den Orughi einzugehen, um den in den Annalen der Minotauren bedeutendsten Angriff auf den Kontinent Ansalon zu entfesseln.

Zwei weitere Mitglieder des Obersten Kreises waren zweifellos dem König ergeben und stützten seine Politik, obwohl sie persönliche Vorbehalte gegen Bündnisse mit den Ogern und Orughi hatten. Victri, der gewählte Vertreter der ländlichen Minotauren, würde bereitwillig in jedem Krieg kämpfen, den der König befahl, doch bei diesem hatte er Bedenken und hoffte insgeheim, daß der Nachtmeister scheitern würde. Der große Gelehrte und Historiker Juvabit stimmte gleichfalls mit dem König, den er durch verwandtschaftliche Beziehungen seit seiner Jugend kannte. Aber der verstandesbetonte Juvabit mißtraute dem Mystiker, der der Nachtmeister war, und seinem fanatischen Kult. Deshalb wünschte sich auch Juvabit heimlich, daß der Nachtmeister erfolglos bleiben würde.

Groppis, der Schatzmeister, hatte nur die Meinung, daß er wünschte, die ganze Sache hätte bis jetzt nicht so viel gekostet – fast so sehr, wie er wünschte, der vorgesehene Feldzug zur Eroberung Ansalons wäre niedriger angesetzt.

Damit blieben Kharis-O, die einzige Frau, Anführerin der Minotaurennomaden, und Bartill, das Oberhaupt der Gilde der Architekten und Baumeister.

An ihrer Sicht bestand kein Zweifel. Beide waren ausdrücklich gegen das Bündnis, gegen den geplanten Krieg und gegen die größenwahnsinnigen Ideen des Nachtmeisters. Bartill, weil er sich immer um seine eigenen Projekte sorgte, für die er Geld brauchte; Kharis-O, weil sie abgesonderte Clans vertrat und grundsätzlich immer gegen alles war. Sie stimmte regelmäßig gegen die Mehrheit, und grundsätzlich unterlag sie.

Wie Bartill war Kharis-O jedoch bereit, jederzeit in den Krieg zu ziehen. Ein Minotaurus war treu bis zum Tod, und die Ehre gebot, daß beide im Einklang mit allen Entscheidungen des Obersten Kreises handelten.

Die acht Mitglieder des Obersten Kreises waren vom König zusammengerufen worden, um die Ankunft von Sargonnas zu erleben.

Die Acht warteten im größten Saal des Palastes. Einige trommelten mit den Fingern auf den großen Eichentisch. Andere liefen auf und ab und schnaubten vor Ärger, wenn sie mit den Schultern aneinanderstießen. Wieder andere hatten ihre gehörnten Köpfe auf den Eichentisch gelegt und schnarchten durchdringend.

Morgen abend würde es soweit sein.

Das Allerheiligste des Nachtmeisters war unglaublich faszinierend, mußte Tolpan Barfuß gestehen.

Das trockene, aufgerissene Land war von brüchigen Mauern übersät. Hier und dort ein paar Säulen – mehr war nicht geblieben von den Tempeln der sagenhaften Stadt, die sich in den Himmel gereckt hatte. Überall lagen Steine herum. Eine oder zwei geborstene Statuen standen im Geröll.

Risse von Erdbeben, die die einstmals bedeutende Stadt erschüttert hatten, durchzogen den Boden im Zickzack und trugen zu dem unheimlichen Eindruck bei. Graue und schwarze Asche, die teilweise zu einer brüchigen Kruste verhärtet war, bedeckte alles.

Der Nachtmeister beobachtete Tolpan, als der Kender einen Teil der toten Stadt durchstreifte und dabei hin und wieder ein ascheüberzogenes Ding aufsammelte und in seinen Rucksack stopfte. Tolpan drehte sich um, bemerkte den Blick des Nachtmeisters und winkte.

»Ist der Kender nicht... interessant?« fragte Fesz, dem kein besseres Wort eingefallen war. Der Schamane stand neben dem Nachtmeister. »Sicher findet auch Ihr, daß es eine gute Idee war, ihn herzubringen. Tolpan hat mir bereitwillig alles über seine ehemaligen Freunde erzählt, und er hat darum gebettelt, mich begleiten zu dürfen.«

»Bist du sicher, daß er böse ist?« knurrte der Nachtmeister, der den Kopf schief legte, um den näherkommenden Kender mit seinen großen Stieraugen zu mustern.

»Er trinkt jeden Tag die doppelte Dosis des Tranks. Und er hat mir keinen Anlaß gegeben, an ihm zu zweifeln.«

»Was ist das für ein komischer Holzstab über seinem Rücken?«

»Das heißt Hupak, Herr«, erwiderte Fesz. »Der Kender sagt, es ist eine unschlagbare Waffe.« Der Minotaurenschamane brachte ein schiefes Lächeln zustande. »Es dürfte nichts schaden, seine Kindereien zu dulden.«

Der Nachtmeister warf seinem Jünger einen Seitenblick zu. Fesz würde ihm einmal nachfolgen. In mancher Hinsicht war er der gerissenste und vertrauenswürdigste Schüler des Nachtmeisters, aber in anderer Hinsicht war Fesz, wie der Nachtmeister wußte, der Argloseste, Vertrauensseligste aller Minotauren.

»Was ist mit dem Menschen, Sturm?«

»Ein Zwischenfall, der allen Minotauren zur Schande gereicht«, stimmte Fesz zu, »aber nicht Tolpan anzulasten. Sturm hatte den Zweikampf schon fast verloren, und Tolpan hat so laut gebrüllt wie wir alle. Kein Minotaurus war wütender über die Rettung als Tolpan. Er bestand darauf, daß zahlreiche Wachen zum Tode verurteilt werden müßten, weil sie es zugelassen hatten, daß der Solamnier entkam! Er hat sogar darum gebeten, einen persönlich hinrichten zu dürfen. Das konnten wir wegen der Staatsgesetze natürlich nicht erlauben, aber Tatsache ist, daß er gefragt hat.«

Der Nachtmeister schien diese Mitteilung zu verarbeiten. Dann drehte er sich achselzuckend zu seinem Zimmer ohne Wände um, das einst der Eingang zur großen Bibliothek gewesen war. Während er sich mit tierhafter Geschmeidigkeit bewegte, raschelten die Federn im Wind, und die Glöckchen um seine ausladenden Schultern und Hörner bimmelten.

»Hallihallo, Nachtmeister!« zirpte Tolpan ihm nach.

Der Nachtmeister drehte sich nicht um, um den Gruß des Kenders zu erwidern. Der Oberschamane setzte sich schwerfällig an seinen langen Tisch, während die anderen beiden Angehörigen der Hohen Drei ihm hurtig Zauberbücher und Zutaten brachten. Diese baute er vor sich auf, prüfte und verglich sie und schrieb dabei mit einer Feder etwas auf.

»Etwas unnahbar, hm?« meinte Tolpan.

»Es ist bald soweit«, grollte Fesz vielsagend. »Der Nachtmeister muß seine gesamte Aufmerksamkeit auf die bevorstehende Aufgabe richten. Ich muß zu ihm, Tolpan, und ihm bei seinen Vorbereitungen helfen.«

Fesz drehte sich um und ging zu dem langen Tisch, wo er sich zu den anderen zwei hohen Akolythen des Nachtmeisters begab. Als der Nachtmeister sich über seine Berechnungen beugte, standen die Hohen Drei hinter ihm. Sie achteten darauf, ihn nicht zu unterbrechen, ihm jedoch sofort jeden Wunsch zu erfüllen, wenn er eine Anweisung brummte.

Tolpan zuckte mit den Achseln und hüpfte zu dem Holzverschlag, in dem Kitiara gefangen saß. Sie sah ein wenig abgemagert und ungebadet aus, dachte er bei sich. Er bemerkte, daß Dogz, der in der Nähe auf einer Decke lag, ihn genau beobachtete.

»Also, Kit«, sagte Tolpan gutgelaunt, »wie bist du denn so schnell nach Karthay gekommen? Ich bin beeindruckt. Ich wette, es war etwas Magisches, hm?«

Kitiara sah ihn mit steinernem Blick an.

»Gut, dann verrate mir eines: Wie kommt es, daß sie dich so leicht erwischt haben? Ich dachte, Caramon wäre der einzige blöde Majere.«

Sie funkelte ihn an und stieß jedes Wort einzeln heraus: »Wie oft muß ich dir das eigentlich noch sagen? Ich bin keine Majere!«

Tolpan zuckte mit den Achseln. »Na gut, dann eben eine halbe Majere. Wahrscheinlich die Hälfte, die gefangen wurde.« Er kicherte über seinen eigenen Witz.

»Falls du es noch nicht bemerkt haben solltest, hier wimmelt es nur so von Minotauren. Woher sollte ich das wissen?«

Tolpan schnitt ihr das Wort ab. »He, ich hab' gehört, daß du geopfert werden sollst, wenn es soweit ist – morgen abend, hat Fesz gesagt. Wenn ich Raistlin also noch irgend etwas von dir ausrichten soll, falls ich ihn je wiedersehe, dann kannst du es mir jetzt sagen.«

Mit aller verbliebenen Kraft warf sich Kit vergeblich gegen das Käfiggitter. Die Latten erzitterten, und der Kender wich auf eine sichere Entfernung zurück. Kit drückte ihr Gesicht an die Latten und fauchte Tolpan an.

»Ich weiß nicht, was du Böses im Schilde führst, Tolpan«, zischte Kit, »aber wenn ich je wieder hier rauskomme, dann lege ich meine Hände um deinen kleinen Verräterhals und bring' dich um!«

»Ach, tut mir leid, daß du so denkst«, sagte Tolpan in verletztem Ton, »weil wir doch so gute, alte Freunde sind. Außerdem«, fügte er frech hinzu, »frage ich mich, ob du nicht ein kleines bißchen eifersüchtig bist. Gib's zu, du hättest nichts dagegen, selbst mal ein Weilchen böse zu sein...«

Kit durchbohrte ihn mit ihren Blicken.

Tolpan trat grinsend zu Dogz zurück. Der Kender drehte sich um und sah den Minotaurus an, der ihn bedauernd ansah.

»Und was ist mit dir los?« fragte Tolpan, der sich neben dem Minotaurus, der ihn bewachen sollte, auf den Boden hockte.

»Nichts, Freund Tolpan«, sagte Dogz, der etwas trockene Asche durch seine Finger rieseln ließ. Er mied Tolpans Blick.

»Nichts, Freund Tolpan«, ahmte Tolpan ihn mit singender Stimme nach. Er sah sich um. Seiner Schätzung nach umstand etwa ein Dutzend Minotauren das Lager des Nachtmeisters. Sie trugen alle möglichen Waffen – Doppeläxte, beschlagene Keulen, Wurfspeere und Geißeln. Dutzende weitere durchstreiften weiter draußen das Gelände.

Im Gegensatz dazu war keiner der Hohen Drei bewaffnet, auch der Nachtmeister nicht. Nur Dogz trug Breitschwert, Katar und Kettenflegel.

Dogz senkte seine Stimme zu einem leisen Knurren. »Manchmal wundere ich mich über dich, Freund Tolpan«, sagte der Minotaurus.

»Was wunderst du dich?«

»Ob du wirklich mit all diesen Leuten befreundet bist – erst Sturm. Und jetzt diese Frau, Kitiara. So wie du sie behandelst.«

Tolpan klopfte Dogz auf die Schulter. »Tja, ich bin doch jetzt ein böser Kender, oder?« erinnerte er Dogz. »Ich gebe mir bloß größte Mühe, mich entsprechend zu verhalten. Klar, sie waren mal meine Freunde. Aber damals war ich gut – na ja, ziemlich gut – jedenfalls meistens. Jetzt bin ich böse. Und wenn ich sie verrate, mache ich es als Böser doch ganz richtig. Du solltest stolz auf mich sein.«

»Ja«, sagte Dogz zögernd.

»Ich sehe das so«, führte Tolpan aus, der sich auf dem Rücken auf die aschebedeckte Erde legte und die Hände hinter dem Kopf verschränkte. »Inzwischen bin ich so eine Art Ehrenmitglied der Minotauren. Hast du mir nicht erzählt, daß die Macht das Recht bestimmt und daß die Minotaurenrasse eines Tages die Welt erobern will und so?«

»Ja«, erwiderte Dogz wieder.

»Nun, ich beweise nur meine Treue gegenüber dem minotaurischen Volk. Wenn du die Wahl hast, dein Volk zu verraten oder deine Freunde – hups, ich meine, deine ehemaligen Freunde –, was würdest du tun?«

Der Minotaurus senkte seine riesigen Hörner. Als er wieder aufsah, waren seine Augen groß und traurig. Sein fauliger Atem überwältigte Tolpan regelrecht. »Ich weiß nicht. Wahrscheinlich meine Freunde verraten«, fügte er langsam, offensichtlich verwirrt hinzu.

»Freust du dich nicht auf den Zeitpunkt, wo Sargonnas die Welt betritt?«

Dogz sah nach drüben, wo der Nachtmeister saß und seine Zauberbücher las. Hinter ihm standen die Hohen Drei.

»Doch«, sagte Dogz.

»Na, siehst du? Ich auch«, sagte Tolpan triumphierend. Er klopfte Dogz auf die Schulter. »Mach dir nicht so viele Gedanken, Dogz«, fügte der Kender hinzu. »Davon kriegst du Runzeln auf der Schnauze.« Tolpan gähnte übertrieben. »Jetzt werde ich etwas ausruhen. Das brauche ich dringend.«

Der Kender schloß die Augen. Einen Moment später machte er eins wieder auf, um Dogz' Reaktion zu beobachten.

Dogz hatte sich aufgesetzt und putzte mit sinnendem Blick seine Waffen. Wie Tolpan zogen die Minotauren gewöhnlich klare Grenzen zwischen Freunden und Feinden – den Kendern zum Beispiel. Dogz hatte Kender immer gehaßt, obwohl er noch nie einen gesehen hatte. Als er Tolpan auf der *Venora* zum ersten Mal erblickt hatte, hatte er ihn nicht einmal berühren wollen. Tolpan war für ihn schlimmer als ein Feind gewesen, eines der niedersten Wesen der Schöpfung.

Aber nachdem er Tolpan gefangengenommen und eine Menge Zeit mit ihm verbracht hatte, hatte Dogz den eigenartigen kleinen Wicht immer lieber gemocht. Er hatte seine Tapferkeit unter der Folter und seinen Sinn für Humor in lebensgefährlichen Situationen bewundert. Durch die Gespräche mit

Tolpan hatte er viel über Solace und die Freunde des Kenders erfahren – besonders den knurrigen Zwerg Flint Feuerschmied und Tolpans Onkel Fallenspringer –, und er hatte sie allmählich auch als seine Freunde angesehen.

Dogz hatte reichlich Verwandte, aber er hatte wenig Freunde. Freundschaft war für ihn etwas ganz Neues, und das hatte Tolpan ihn gelehrt.

Dann hatte Fesz Tolpan böse gemacht, und der Kender hatte sich verändert. Er wurde fordernd. Es machte weniger Spaß, bei ihm zu sein. Vielleicht würde der böse Tolpan dabei helfen, Sargonnas in die Welt zu bringen, aber Dogz war sich nicht sicher, ob ihm der alte Kender nicht besser gefallen hatte.

Dogz seufzte. Er beugte sich vor, um etwas Schmutz von seinem Katar zu kratzen, einer langen Klinge an einem H-förmigen Griff. Er ölte und polierte seinen ungewöhnlichen Dolch, während er lange angestrengt über das Thema Freundschaft nachdachte.

Zwanzig Schritt weiter lief Kitiara in ihrem Holzkäfig rastlos auf und ab. Ihren wachsamen Augen entging nichts. Sie spitzte die Ohren, um Fetzen der Unterhaltungen um sie herum aufzufangen, wenn Worte zu ihr herüberdrangen. Kit war nicht gerade begeistert von Kendern, aber ihr hatte Tolpan, so wie er früher gewesen war, jedenfalls besser gefallen.

Der Nachtmeister hatte Sturm erwähnt, also war der Solamnier anscheinend noch am Leben. Und kürzlich hatte Kit ihn auch von Caramon und Raistlin reden hören. Sie waren unzweifelhaft alle irgendwo in der Nähe, und der Nachtmeister befürchtete, sie könnten sich einmischen.

Dieser Gedanke zauberte ein schiefes Lächeln auf Kitiaras Gesicht.

Die Sonne stand am Zenit. Das Land wurde unter ihrer Hitze gebacken, und die Erde brach auf. Den dickhäutigen Minotauren schien das Klima wenig auszumachen. Dogz säuberte und ölte sorgfältig seine Waffen. Die Minotaurenwachen am Rand des Lagers liefen auf ihren festgelegten Runden regelmäßig durch Kitiaras Blickfeld.

Der Nachtmeister saß an seinem langen Tisch, wo er die Ingredienzien für den gewaltigen Zauberspruch morgen abend überprüfte.

Einer der wenigen Vorteile von Kits engem Käfig war, daß die Holzlatten über ihrem Kopf das schlimmste Sonnenlicht abhielten. Ihr Blick glitt zu dem verräterischen Kender. Er hatte die Augen geschlossen. Tolpan Barfuß schien friedlich zu schlafen.

Während der Nachtmeister über seinem Spruch saß, dachte er den Augenblick seines Triumphs vor fünf Tagen zurück – einen Tag, bevor sie die Menschenfrau gefangen hatten –, als der Zeitpunkt für den Spruch bestätigt wurde und Sargonnas sich dem Minotaurus gezeigt hatte.

Er war zur Mittagszeit oben auf dem Bergplateau zwischen den farbigen Glasprismen, den Kristallen und den silbernen Spiegelscherben gewesen. Aus ihnen las er die Bewegung von Sonne und Sternen und berechnete ihre Stellung am Himmel in Beziehung zu den Monden. Er war zu dem Schluß gekommen, daß alle äußeren Bedingungen stimmten.

Plötzlich sah er eine Welle in einer der spiegelnden Oberflächen. Als er sich umschaute, sah er in den glänzenden, geschliffenen Glasstücken Flackern und Wellenbewegungen. Unter dem staunenden Blick des Nachtmeisters nahm das Flackern und Wabern Gestalt an, bis jedes Glasstück ein Stück des Gesichts von Sargonnas zeigte.

Ein schreckliches, furchteinflößendes, bedrohliches Gesicht hinter einem roten Nebel starrte den Nachtmeister aus schwarzglühenden Augen an.

Dann war das Angesicht von Sargonnas in den Glasstücken plötzlich verschwunden.

Sein Blick wurde zum Himmel gezogen, wo der Nachtmeister einen großen roten Kondor mit schwarzen Federn wahrnahm. Seine ausgebreiteten Flügel schienen den Himmel zu verdecken. Der Kopf war seltsam klein und nackt. Feuer umflackerte seine Flügelspitzen.

Sei gegrüßt, Nachtmeister, Diener des Bösen.

Der rote Kondor schien mit seidenweicher, schmeichelnder Stimme im Kopf des Nachtmeisters zu sprechen. Flammenzungen schossen aus seinem Schnabel.

Sei gegrüßt, Sargonnas, Gott der Finsteren Rache, Genosse der Takhisis.

Der Nachtmeister hatte sich noch nie so mächtig – oder so armselig – gefühlt wie damals, als Sargonnas zum ersten Mal zu ihm sprach.

Dein Plan ist mir bekannt. Seit Jahrhunderten warte ich auf einen mit deiner Kühnheit, deinem Mut. Seit Jahrhunderten brenne ich darauf, die Welt der Materie zu betreten und meine Kräfte zu entfesseln. Seit Jahrhunderten werde ich enttäuscht. Hast du jede Vorkehrung für den Spruch getroffen? Bist du zur rechten Zeit bereit?

Ja, Herr.

Bist du auf der Hut vor Täuschungen? Verrat?

Ja, Herr.

Bist du würdig?

Ich glaube schon, Herr.

Enttäusche mich nicht. Wage es nicht, mich zu enttäuschen, oder du erfährst, daß meine Rache dich überall erreicht.

Damit war der rote Kondor schimmernd mit der Sonne verschmolzen und hatte sich aufgelöst, als wäre er nie gewesen.

Der Nachtmeister war auf die Knie gesunken und hatte benommen den Kopf abgewendet. Das Gespräch mit Sargonnas hatte nur in seinem Bewußtsein stattgefunden. Als er sich umsah, merkte er, daß die Minotaurenwachen immer noch ungerührt an ihren Plätzen standen. Sie hatten Sargonnas weder gehört noch gesehen.

Dasselbe galt für die zwei Mitglieder der Hohen Drei, die nichts Ungewöhnliches bemerkt hatten – bis jetzt.

Einer von ihnen war zum Nachtmeister hochgelaufen gekommen. »Geht es Euch gut, Exzellenz?« hatte der junge, starke Stiermann besorgt gefragt.

Der Nachtmeister hatte nicht sofort geantwortet. Der junge Schamane hatte sich bemüht, dem Nachtmeister beim Aufstehen zu helfen.

»Geht es Euch gut, Exzellenz?«

Diesmal gehörte die Stimme Fesz. Der Schamane trat hinter dem Nachtmeister vor und tippte ihm auf die Schulter.

Als der Nachtmeister abrupt in die Gegenwart zurückkam, sah er sich einem Offizier der minotaurischen Truppen gegenüber. Der Offizier stand vor dem Nachtmeister, der gedankenverloren an seinem großen Tisch mitten in der toten Stadt gesessen hatte. Der Nachtmeister zwinkerte, betrachtete den gehörnten Soldaten vor sich und knurrte Fesz an: »Ja, natürlich geht es mir gut.«

»Ich bringe Neuigkeiten«, sagte der minotaurische Soldat. »Der Gruppe, die an der Südküste der Insel gelandet ist, hat sich ein Schwarm Kyrie angeschlossen.«

»Kyrie«, grunzte der Nachtmeister. »Wie viele?«

»Mindestens sechs, vielleicht sogar fünfzehn«, erwiderte der Soldat und fügte gleich hinzu: »Wahrscheinlich alle Angehörigen der Kriegergemeinschaft. Aber damit werden wir leicht fertig. Wir würden mit zehnmal so vielen fertigwerden.«

»Ja.«

Der Minotaurensoldat zögerte.

»Ja?«

»Sie laufen in diese Richtung. Sie scheinen genau zu wissen, wo sie hinwollen.«

»Warum laufen sie? Warum fliegen die Kyrie sie nicht hierher?«

»Das wundert uns auch, Exzellenz«, erwiderte der Soldat. »Vielleicht sind sie so viele, daß die Kyrie nicht alle tragen können, oder die Kyrie mußten sich nach ihrem Anflug von den Bergen von Mithas ausruhen.«

»Pah!« schnaubte der Nachtmeister so heftig, daß der Minotaurensoldat einen Schritt zurückwich. »Die Kyrie ermüden nicht so leicht. Es muß einen anderen Grund geben, den wir bald erfahren werden.«

Der Minotaurensoldat schien weniger gleichmütig zu sein. »Ja«, erwiderte der zurechtgewiesene Soldat. »Wir schätzen, daß sie morgen mittag hier sind.«

Zur Überraschung des Soldaten schien der Nachtmeister sich an dieser Nachricht nicht im mindesten zu stören. Im Gegenteil, er wirkte erfrischt und machte sich wieder an die Arbeit. Eifrig schrieb er an die Ränder des Buches, das er gelesen hatte.

Der Nachtmeister schaute auf. Diesmal wirkte er doch irritiert. »Ja? Ist noch etwas?«

»N-nein, Exzellenz«, stammelte der Soldat, der sich umdrehte, um zu verschwinden.

Gut, sagte der Nachtmeister zu sich. Die Menschen, die angeblich von einem Zwerg und einem Elfen begleitet wurden, waren unterwegs, und die Kyrie hatten sich ihnen angeschlossen. Das kam allerdings unerwartet. Er würde seinen Plan etwas ändern müssen, aber dafür war noch genug Zeit.

Hinter ihm nickten Fesz und die anderen Mitglieder der Hohen Drei einander zu. Sie vertrauten der Weisheit des Nachtmeisters.

Hinter ihnen schlief Tolpan... mit einem offenen Auge.

Hinter ihm hockte Kitiara lauschend in ihrem Käfig.

Der Tag wurde zur Nacht.

Tolpan schreckte aus dem Schlaf. Er stellte fest, daß er eingedöst war. Es waren Stunden vergangen.

Das Heiligtum des Nachtmeisters brodelte vor Unruhe. Fesz und die anderen beiden Minotaurenschamanen waren dabei, Gegenstände in kleinen Kisten und Rucksäcken zu verstauen. Ein paar Minotaurenwachen waren näher gekommen und schienen Befehle zu erwarten. Der Nachtmeister, auf dessen langem Tisch keine Zauberbücher und Zutaten mehr lagen, stand in der Mitte des Lagers und erteilte Anweisungen.

Er trug seine volle Zeremonialkleidung. Büschelweise strömten Federn und Glöckchen von seinem gehörnten Kopf, und um die bulligen Schultern hatte er einen dunkelroten Umhang geworfen.

»He, was ist denn los?« fragte Tolpan gutgelaunt, als er zu Dogz schlenderte, der eilig seine eigenen Sachen einpackte.

Dogz drehte sich zu dem Kender um. »Der Nachtmeister sagt, es ist bald soweit«, meinte er feierlich. »Wir ziehen über Nacht in ein neues Lager um, damit uns die Menschen und Kyrie nicht finden, die auf dem Marsch hierher sind.«

Tolpan dachte über diese Nachricht nach. »Gute Idee«, sagte der Kender begeistert.

Als Fesz Tolpan sah, eilte er herbei. Die Augen des Schamanen glitzerten vor Aufregung. »Der Nachtmeister hat erlaubt, daß du mitkommen darfst«, sagte Fesz. »Du weißt gar nicht, was für ein seltenes Privileg das für einen deiner Rasse darstellt. Eigentlich sind die einzigen Anwesenden bei diesem Spruch der Nachtmeister, die Hohen Drei und das Opfer. Aber er meint, daß ein Kender als Vertreter einer Rasse, die für ihr Glück bekannt ist – besonders ein böser –, Sargonnas nur gefallen kann.«

Tolpans Blick schoß zu Kitiara. Die Kriegerin stand stocksteif mit großen Augen in ihrem Käfig. Ein Ohr hatte sie zum Lauschen an die Holzlatten gelegt.

»Ich bin geehrt«, sagte Tolpan, der sich vor Stolz aufblies. »Mehr als geehrt, ehrlich. Ich bin einfach platt. Ganz gleich, welche kleine Rolle man mir bei dem großen Schauspiel zugedacht hat, ich bin wirklich dankbar. Eigentlich sollte ich dem Nachtmeister persönlich meinen herzlichsten Dank aussprechen.«

Der Kender war bereits unterwegs zum Nachtmeister, doch Fesz packte ihn am Kragen und hielt ihn zurück. »Ich glaube nicht, daß es dem Nachtmeister jetzt passen würde, wo er doch so viele andere, wichtige Dinge im Kopf hat«, meinte Fesz mit gesenkter Stimme.

»Oh«, sagte Tolpan. »Das mag sein.«

Der Kender sah zu, wie zwei Wachen zu dem Holzverschlag gingen. Sie zogen die um sich tretende, schreiende Kitiara Uth Matar heraus und legten ihr dann Beinketten an. Die Arme banden sie ihr mit einem Strick auf dem Rücken fest.

»Falls ihr glaubt, ich lasse mich irgendeinem blöden Gott der Finsternis opfern – oder daß ich gar zulasse, daß ein verdammter Kender mitkommt und sich darüber amüsiert – dann werdet ihr ein böses Erw–«

Die Minotaurenwachen stopften Kitiara mitten im Satz einen Knebel in den Mund. Tolpan bedauerte das, denn er war neugierig, wie um alles in der Welt Kit auf die Idee kam, daß sie irgend jemand außer Sargonnas böse erwachen lassen könnte.

Der Nachtmeister hatte Kitiaras Ausbruch gehört. Sein Rücken spannte sich. Jetzt fuhr er wütend herum und stapfte auf die Kriegerin aus Solace zu.

Zornig spuckte er Kitiara ins Gesicht. Er hatte seine übliche Beherrschung verloren. »Du Tropfen Schleim! Du bist es nicht wert, den Namen des Herrn der Finsteren Rache zu erwähnen!

Du bist es nicht wert, in derselben Welt wie er zu leben! Bald wirst du sterben, und im Sterben wirst du mit Sargonnas den Platz tauschen. Du wirst in seine Welt verbannt, während er durch das Portal in unsere Ebene eindringt!«

Fesz, Dogz und die anderen starrten ihn an. Die Inbrunst des Nachtmeisters erschreckte sie. Zögernd legten die Minotaurenwachen Kitiara eine Augenbinde an. Die Kriegerin zappelte vergeblich.

Tolpan wollte gerade etwas Unpassendes sagen, als eine neue, unerwartete Stimme aus der Finsternis erklang.

»Ich denke, der Spruch würde besser wirken, wenn euer Opfer weniger unwillig zu Sargonnas' Vergnügen sterben würde!«

Raistlin! Das war Raistlins Stimme! Tolpan würde sie überall erkennen, selbst hier an diesem abgelegenen Ort. Kit hörte auf, sich zu wehren. Also erkannte auch sie die Stimme ihres Halbbruders.

Aber wo war er? Raistlin war nirgends zu sehen.

Die Wachen umklammerten nervös ihre Waffen. Dogz zog sein Breitschwert. Besorgt warf er Blicke nach allen Seiten. Die Hohen Drei stellten sich zusammen, um notfalls einen Zauberspruch zu sagen.

Beim Klang der Stimme war der Nachtmeister herumgefahren, sah aber nichts. Tolpan konnte die riesigen Kuhaugen des Oberschamanen sehen, und zu seiner Überraschung erkannte er darin weder Furcht noch Unsicherheit, sondern eine gewisse Erleichterung. Es war, als hätte der Nachtmeister dies erwartet.

»Bist du es?« grollte der Nachtmeister. »Bist du der, den sie Raistlin nennen? Der Halbbruder dieser widerspenstigen Frau?«

»Ich bin Raistlin.«

Tolpan sah sich nach allen Seiten um, konnte sich aber beim besten Willen nicht vorstellen, wo Raistlin sich verbarg.

»Dann zeige dich.«

Es folgte ein leises, trockenes Lachen, danach wieder die scheinbar körperlose Stimme. »Lieber nicht.«

Der Nachtmeister schwieg. Tolpan wollte gerade etwas sagen, als der Nachtmeister seidenweich, fast schnurrend brummte: »Ich verstehe.« Er machte eine umfassende Geste. »Du hast dich unsichtbar gemacht, um den Ring meiner Soldaten zu durchdringen. Bravo! Ich hatte mich schon gefragt, wie du das anstellen willst. Sind deine Gefährten so weit zurück?«

Raistlin zögerte einen Augenblick. »Ich komme allein.«

»Gut.«

»Laß meine Schwester gehen. Ich werde ihren Platz einnehmen.«

Tolpan hörte einen erstickten Schrei und drehte sich zu Kitiara um, die sich aus dem Griff der Wachen loszureißen versuchte. Die Minotauren schienen sich angesichts dieser Stimme, die offenbar zu keinem Körper gehörte, unwohl zu fühlen.

»Phantastische Idee!« rief Tolpan. »Hallo, Raistlin. Ich bin's, Tolpan! Hast du die magische Flaschenpost bekommen?«

»Ja«, sagte der Nachtmeister, der Tolpan über die Schulter stirnrunzelnd ansah. »Das ist eine phantastische Idee. Aber woher weiß ich, daß du dein Wort hältst?«

»Woher weiß ich, daß du deines hältst?«

Der Nachtmeister überlegte. Fesz kam herbei und flüsterte ihm etwas zu. »Ah«, sagte der Nachtmeister. »Gestatte, daß ich dir Fesz, meinen ältesten Jünger, vorstelle, den höchsten Schamanen nach mir. Geh zu ihm, damit er dir die Hände bindet. Wenn du das getan hast«, er winkte dem Minotaurus von Lacynos, »wird Dogz Kitiara an den Rand des Lagers bringen und sie freilassen. Du hast mein Wort.«

Dogz ergriff die Seile, die Kitiara festhielten. Die zwei Wachen, die glücklich wirkten, daß sie von ihrer Aufgabe erlöst wurden, traten beiseite.

»Einverstanden«, war Raistlins Stimme zu hören, und bei diesen Worten wurde Raistlins schlanke Gestalt neben Fesz sichtbar. Der Schamane griff grob nach ihm und schlang ein Seil um seine Hände, die er hinter seinem Rücken zusammenschnürte.

Der junge Magier, der von der Anstrengung des langen Unsichtbarkeitszaubers geschwächt war, mit dessen Hilfe er an den Minotaurenwachen vorbeigekommen war, die die zerstörte Stadt bewachten, fiel auf die Knie.

Tolpan hüpfte zu ihm hin.

Der Nachtmeister nickte Dogz zu, der Kitiara hochhob, sie über seine Schultern legte und über den freien Platz ging. Bald waren die beiden in der Dunkelheit verschwunden.

»Raistlin!« schrie Tolpan. »Ich wußte, du würdest kommen – jedenfalls wenn du die magische Flaschenpost bekommen hast. Du hast sie erhalten, nicht wahr?«

Eine Hand packte Tolpans Schulter und stieß den Kender unsanft beiseite. Der Nachtmeister trat an seine Stelle, beugte sich zu dem jungen Zauberer herunter und blies Raistlin seinen ranzigen Atem ins Gesicht.

»Das ist also der mächtige Raistlin«, knurrte der Nachtmeister.

»Dieser Mensch ist nichts neben Euch, Nachtmeister«, sagte Fesz verächtlich. »Er kämpft nicht einmal um sein Leben!«

»Er bleibt gefesselt!« befahl der Nachtmeister. »Wenn er etwas essen oder trinken will, bekommt er es. Aber unterschätzt ihn nicht. Bewacht ihn sorgfältig. Und jetzt laßt uns schnell aufbrechen! Ich will kein Risiko eingehen, und vielleicht hat er nicht die Wahrheit gesagt, als er behauptet hat, er wäre allein gekommen!«

Die Minotauren gehorchten eilig.

Tolpan stand langsam vom Boden auf. Er wußte, jede Silbe des Nachtmeisters war nahezu heilig, aber der böse Tolpan fand, daß der mächtige Schamane dennoch ein paar Manieren zu lernen hatte. Während er geknickt seine Schulter massierte, dachte der Kender an seinen guten, alten Hupak...

Dogz war noch nicht sehr weit, als einer der Minotaurensoldaten ihm hinterhergerannt kam.

Sie waren in einem anderen Teil der zerstörten Stadt, an den Ruinen eines Säulengangs, den Überresten einer Mauer und eingestürzten Balken.

»Vom Nachtmeister«, sagte der Soldat, der Dogz eine Nachricht auf Pergament reichte.

Töte die Menschenfrau, lautete die Botschaft. Es war die unverkennbare Schrift des Nachtmeisters.

Dogz zögerte. Das Menschenbündel über seinen Schultern versuchte zu schreien und zu treten, jedoch ohne Erfolg. Der riesige Minotaurus legte Kit auf den Boden und stellte einen seiner gespaltenen Hufe auf sie, damit sie sich nicht zur Seite rollte.

»Ich muß mit der Gefangenen reden«, sagte Dogz. »Warte auf mich.«

Der Soldat wich in die Schatten zurück.

Dogz schaute sich um. In der Nähe stand eine geborstene Säule. Er schleppte Kitiara hin, nahm ein Stück Seil vom Arm und wickelte es fest um sie und die alte Säule. Dann nahm er ihr die Augenbinde ab.

Ihre Augen sahen ihn fragend an.

»Ich habe den Befehl, dich zu töten«, knurrte der Minotaurus einfach.

Kits dunkle Augen starrten ihn trotzig an.

Der Minotaurus sah sich um, bis er einen großen Steinblock sah. Dann ging er langsam hinüber und setzte sich. Der Auftrag, die Menschenfrau zu töten, verstörte ihn – zunächst einmal, weil diese Menschenfrau ein Freund des Kenders Tolpan gewesen war, bevor der Kender böse geworden war, und dann, weil der Nachtmeister sein Wort gegeben hatte, daß man die Menschenfrau freilassen würde.

Beide Gründe machten Dogz gleichermaßen zu schaffen, und der Minotaurus grübelte lange vor sich hin. Schließlich stand er auf und näherte sich der Menschenfrau. »Ich werde dich heute abend nicht töten«, sagte er einfach.

Er wollte ihr wieder die Augenbinde anlegen. »Ich bringe dich nicht zurück zum Nachtmeister«, erklärte er. »Ich lasse dich hier, bis wir zurück sind. Dann werde ich entscheiden, was zu tun ist.«

Kitiara kämpfte wütend mit ihren Fesseln, weil sie etwas sagen wollte.

Dogz hielt nachdenklich inne. »Wenn du zu schreien versuchst, schlage ich dir den Schädel ein«, sagte er. Dann entfernte er den Knebel.

»Es – es – es geht nicht um mich«, stammelte Kitiara halb erstickt.

Der Minotaurus wartete.

»Es geht um Raistlin«, sagte sie. »Er ist mein Bruder. Kannst du ihm irgendwie helfen?«

Der Minotaurus wollte den Knebel wieder anlegen.

»Warte!« rief sie leise.

Es folgte eine Pause, während der der Minotaurus sie verächtlich anblickte. »Raistlin soll das Opfer sein«, sagte Dogz. »Es ist eine Ehre für Raistlin, Sargonnas, den Gott der Minotauren, in diese Welt einzulassen.« Wieder wollte der Minotaurus sie knebeln.

»Dann vergiß Raistlin«, sagte Kit verzweifelt.

Dogz hielt inne.

Kits Gedanken überschlugen sich. Sie erinnerte sich an die Unterhaltung von Dogz und Tolpan über Freundschaft und Verrat, die sie mitangehört hatte. Das brachte sie auf eine Idee. Vielleicht war es Raistlins einzige Chance.

»Du... du bist Tolpans Freund, nicht wahr?«

»Ja«, sagte Dogz mißtrauisch.

»Dann gib ihm etwas von mir.«

Sie sagte ihm, was es war. Er riß die Augen auf.

Dogz wich vor Kit zurück, drehte sich um und trat gegen den kalten, aschebedeckten Boden. Minutenlang stand er so da, während Kit ihn beobachtete. Sie wußte, sie hatte ins Schwarze getroffen. So merkwürdig es schien, aber der Minotaurus betrachtete sich als Tolpans Freund.

Langsam ließ Dogz den Knebel sinken. Kitiara verriet ihm, wo das Ding war. Er suchte ihren Körper ab und fand es. Es war sehr klein. Niemand hatte es bemerkt, als sie durchsucht worden war. Und niemand würde es auffallen, wenn Dogz es mitbrachte. Dogz steckte den kleinen Gegenstand in seinen Gürtel. Dann hob er schroff den Knebel und befestigte ihn straff vor Kitiaras Mund.

Er starrte sie an, bis er die Augenbinde wieder angelegt hatte.

Er suchte den Minotaurensoldaten und befahl ihm, hierzubleiben und Kitiara um jeden Preis zu bewachen.

Dann rannte Dogz los, um den Nachtmeister und seinen Troß einzuholen.

Kapitel 7

Der Angriff

Bis zur Dämmerung waren so viele Kyrie im Lager eingetroffen, daß Tanis ihre immer größer werdende Anzahl nicht mehr überschauen konnte. Zwanzig, vielleicht zwei Dutzend, schätzte der Halbelf. Die geflügelten Wesen flogen herbei und erstatteten Wolkenstürmer in ihrer eigenen Sprache Bericht. Dann drehten sie sich um, um die Menschen und die anderen zu betrachten. Einige flogen wieder los. Andere zogen Waffen heraus, die gewetzt werden mußten.

Die Chancen wurden besser, erklärte Tanis Flint. Der Zwerg runzelte die Stirn. Er war nicht restlos überzeugt. Ungeduldig wartete er, daß Wolkenstürmer ihnen mitteilen würde, was er von seinen Spähern erfahren hatte.

Flint und Caramon gingen zu dem Kyriekrieger, um mit ihm zu reden. »Wissen wir schon, wo Kitiara festgehalten wird und wie groß die Truppen unserer Gegner sind?« fragte Flint, der sich aus Rücksicht auf die Kyrie der Gemeinsprache bediente.

Die anderen, einschließlich Tanis und Sturm, waren hinter ihn getreten. Wolkenstürmer stand auf und sprach ernst zu den Freunden:

»Meine Späher haben die alte Stadt überflogen und viele Dutzend Minotauren gesehen, die überall in den Ruinen lagern. Es sind fast alles Soldaten, alle schwer bewaffnet«, berichtete der Kyriekrieger. »Das Lager des Oberschamanen liegt fast in der Mitte der Ruinenstadt. Es ist nach oben hin offen, aber gut bewacht. In einem Käfig im Lager des Nachtmeisters wird eine Menschenfrau festgehalten. Im Lager ist einiges los, anscheinend werden Vorbereitungen für irgend etwas getroffen. Meine Späher wagen es nicht, zu nahe heranzufliegen, da sie nicht gesehen werden sollen. Einer meiner Brüder meint, er hätte eine kleine Person herumspringen sehen, weder Mensch noch Minotaurus, aber er ist sich nicht sicher.«

»Der verdammte Kender«, murmelte Flint.

»Was ist mit meinem Bruder?« Caramon sah Wolkenstürmer fragend an.

»Bisher«, erwiderte Wolkenstürmer finster, »gibt es keine Spur von dem Zauberer.«

»Wir wissen also, daß Kit etwa in der Mitte der alten Stadt gefangensitzt«, sagte Tanis. »Wir wissen auch, daß sie gut bewacht ist. Wie viele sind wir jetzt... zwanzig, dreißig?«

Keiner gab voreilig die Antwort. Tanis sah sich in der Gruppe um. Tapfere, aber angespannte Gesichter starrten ihn an. Jedem war klar, daß die Zahlen eindeutig zugunsten der Minotauren sprachen.

Wolkenstürmer zuckte mit den Schultern. »Vielleicht weiß Vogelgeist mehr über das Lager, wenn er zurückkommt«, sagte Wolkenstürmer, um ihnen Mut zu machen. »Er ist nicht nur mein erster Kundschafter, sondern auch ein erstklassiger Stratege, wenn es zum Kampf kommt.«

»Ganz gleich, wie es steht, wir müssen morgen einen Rettungsversuch machen«, sagte Sturm. Die anderen Gefährten stimmten murmelnd zu.

»Ja«, pflichtete Wolkenstürmer ihm feierlich bei. »Morgen.«

Fast unwillkürlich blickten alle hoch. Die Sonne war bereits untergegangen. Rosiges Zwielicht ging der kalten Nacht voraus.

»Ich nehme an, wir kommen morgen reichlich zum Kämpfen«, sagte Flint knurrig. »Am besten bereiten wir uns gut darauf vor.« Damit zog der alte Zwerg Streitaxt und Wetzstein heraus. Der Rest der Gruppe traf ähnliche Vorbereitungen für die Schlacht.

Als Vogelgeist zu ihrem augenblicklichen Lager zurückflog, fiel ihm unten etwas auf. Er kreiste und flog zurück, um einen zweiten Blick darauf zu werfen. Ein minotaurischer Soldat wälzte sich neben einem großen Loch auf dem Boden. Offenbar kämpfte er, doch womit? Vogelgeist riskierte es, tiefer zu gehen, um besser sehen zu können.

Der mindestens sieben Fuß große Stiermann war ein Zwerg im Vergleich zu dem Tier, mit dem er kämpfte – ein riesiges, vierarmiges, gepanzertes Monster mit einem Kamm auf dem Rücken. Es war weit größer als der Minotaurus und mindestens doppelt so lang wie hoch. Das bizarre Wesen blieb mit seinen vier verhornten Tatzen dicht am Boden, schlug aber immer wieder nach dem Minotaurus und schnappte nach ihm. Das Tier hatte den Minotaurus umgeworfen und hielt ihn mit seinen bösartigen Angriffen vom Aufstehen ab.

Der Minotaurus versuchte, mit seinem Dreizack nach dem Tier zu stechen. Wenn er Erfolg hatte, konnte er das beschwerte Netz am anderen Ende der Waffe nutzen, um es über das Tier zu werfen und es endgültig umzubringen. Da er aus dem Gleichgewicht gebracht war und die Angriffe des Wesens abwehren mußte, hatte es der Minotaurus allerdings schwer, einen Treffer zu landen. Jeder Klauenhieb des Tiers kostete den Minotaurus mehr Blut.

Im faszinierten Versuch, festzustellen, was für ein Wesen der Minotaurus bekämpfte, sank Vogelgeist weiter abwärts, bis er unmittelbar über dem Zweikampf flatterte.

Dem Minotaurus gelang es, aufzuspringen und sich auf den Rücken des Tiers zu werfen. Während er sich mit einer Hand festhielt, stach er dem Tier unter den Kamm, wo sein Panzer aus seinem Rücken herausragte. Mit einem durchdringenden Schrei sprang das Tier direkt unter dem Kyrie mehrere Fuß hoch in die Luft.

Erst jetzt erkannte Vogelgeist, um was für ein Tier es sich handelte. Es war ein Landhai, ein gefräßiges Raubtier, das so selten war, daß weder Vogelgeist noch irgendein anderer Kyrie seines Wissens je ein Exemplar gesehen hatten.

Aus dem kleinen Korb, der an seiner Seite baumelte, zog Vogelgeist etwas heraus, das wie gebündelter Efeu aussah.

Unter ihm war der kurzfristige Vorteil des Minotaurus dahin. Der Landhai hatte es geschafft, sich mitten in der Luft zu drehen und genau auf den Schultern des Minotaurus zu landen. Der Landhai fing an, mit seinen Klauenfüßen auf Beine und Rücken des Stiermenschen einzuschlagen. Zugleich schlossen sich mächtige Kiefer um dessen Hals.

In diesem Augenblick schoß Vogelgeist nach unten und warf sein Würgenetz über den Landhai. Da es aus einer seltenen Pflanze, dem Kriechenden Würger, bestand, wickelte das Würgenetz sein Opfer rasch ein und machte es zu einem lebenden

Paket. Bei jeder Bewegung des Landhais zog sich die Pflanze enger zusammen, bis deren gummiartige Tentakel fest um das wilde Monster gewickelt waren.

Vogelgeist zweifelte daran, ob das Würgenetz gegen den Landhai ebenso wirkungsvoll gewesen wäre, wenn das wilde Tier nicht verwundet gewesen wäre. Außerdem war es hilfreich gewesen, daß der Landhai so mit seinem eigenen Kampf beschäftigt gewesen war, denn er hatte den Kyrie erst bemerkt, als es zu spät war.

Der Kyriekrieger landete und näherte sich vorsichtig dem Landhai. Das Ungeheuer schlug weder um sich, noch schrie es. Es blieb ausgesprochen still liegen, wie tot, beobachtete Vogelgeist jedoch aus bösartigen, gelblichen Augen. Dem Kyrie gefror das Blut in den Adern. Der halslose Kopf des Landhais ragte direkt unter seinem Panzerkragen hervor und endete in einem grausamen, spitzen Kiefer, der auffallend dem einer riesigen Schnappschildkröte ähnelte.

Das Würgenetz lag weiter um den Landhai, so daß sein Kopf unbeweglich war und sein gepanzerter, blaugrüner Körper und die Beine noch fester umschlossen waren. An der Seite zuckte der Minotaurus im Todeskampf. Sein rotes Blut tränkte den Wüstenboden.

Vogelgeist wußte, der gefräßige Landhai würde in seinem Territorium alles angreifen. Er vergrub sich in der Erde, wenn er ausruhen wollte, und brach an die Oberfläche durch, wenn er Vibrationen spürte, die bedeuteten, daß neue Beute nahte. Kein Lebewesen blieb freiwillig in der Umgebung eines Landhais.

Wie alle Kyrie besaß Vogelgeist magisches Wissen aus der alten Welt, einen Wissensschatz, der Jahrhunderte älter war als die Magie der drei Monde, und der die Fähigkeit zur Verständigung mit jedem Tier einschloß. Trotz seiner Vorbehalte gegenüber dem Landhai beschloß der mutige Kyrie, daß er mit ihm reden würde.

»Ich will dir nichts tun«, sagte Vogelgeist in der Sprache aller Tiere. »Ich möchte dir erzählen, warum ich hier bin – und von den Minotauren, die diese Insel überfluten.«

Das Wesen starrte Vogelgeist weiterhin schweigend an. Schließlich antwortete es:

»Was kümmerst du mich? Ich will nur meinen Bauch füllen. Diese dummen Stiermenschen, die ihre Abstammung vom Tier leugnen und sich für etwas Besseres halten, sind mir gleichgültig.«

Der Landhai war nicht nur bösartig, sondern auch stur, dachte Vogelgeist.

»Vorläufig würde ich meinen, daß dich noch eine Sache interessieren dürfte, nämlich, daß die Wunde auf deinem Rücken versorgt wird.« Vogelgeist hatte den grünen Schleim, wahrscheinlich Blut des Landhais, bemerkt, der unablässig aus der Wunde quoll, die ihm der Minotaurus beigebracht hatte. »Mit meinen Heilkünsten kann ich mich um die Wunde kümmern, wenn du mich einfach anhörst.«

Argwöhnisch antwortete der Landhai: »Obwohl ich dein Gefangener bin, sollte es dir schwerfallen, mich zu töten, Kyrie. Dennoch kommt es mir so vor, als hätte ich kaum eine Wahl.«

»Minotauren aus Mithas haben auf dieser Insel einen Außenposten eingerichtet. Wie du wissen mußt, vernichten oder unterwerfen die Stiermenschen alles, was ihnen im Weg steht. Das verheißt nichts Gutes für dich oder alle anderen Lebewesen auf Karthay.« Vogelgeist legte eine Pause ein und versicherte sich, ob der Landhai zuhörte.

»Wir Kyrie haben unsere eigenen Gründe, weshalb wir die Minotauren schnellstmöglich von Karthay vertreiben wollen. Unsere Gruppe besteht nur aus einigen Kyriekriegern, ein paar Menschen, einem Zwerg und einem Elfen. Wir würden sehr davon profitieren, wenn ein erfahrener General wie du und alle Tiere, die du erwählst, an unserer Seite kämpfen würden.«

Vogelgeist rechnete damit, daß ein Appell an die übersteigerte Selbsteinschätzung des Landhais nützlich sein würde. Er behielt recht. Wenn ein großes, dickes, knopfäugiges Untier sich aufplustern kann, dann war das der richtige Ausdruck für den Landhai.

Das Untier kehrte jedoch fast augenblicklich zu seiner dickköpfigen Haltung zurück. »Ich brauche weder Kyrie noch irgend jemand anders, um die Minotauren zu vernichten. Wenn ich so etwas vorhätte, dann würde ich es selbst tun, langsam, einen nach dem anderen, mit der Zeit. Warum sollte ich mich euch anschließen?«

Vogelgeist hegte keine Zweifel, daß der Landhai wahrscheinlich recht hatte. Er konnte die Minotauren allein erledigen, sofern er genug Zeit hatte. Aber Wolkenstürmer, Caramon und die anderen konnten nicht auf dieses Irgendwann warten.

»Wenn du dich mit uns verbündest, versprechen wir, diese Insel dir und den anderen Tieren für die nächsten tausend Jahre als euer Reich zu überlassen. Als Anführer der Schlacht würdest du zweifellos als oberster Häuptling über die Insel anerkannt werden«, fügte Vogelgeist hinzu. In den kalten, ausdruckslosen Augen des Landhais konnte Vogelgeist nicht erkennen, welche Wirkung dieses Angebot hatte. »Und dann wäre da noch deine Wunde, die ich auf magische Weise heilen kann.«

Der Landhai blieb unentschlossen. Vogelgeist wartete geduldig. Die Wunde sonderte weiter grünen Schleim ab.

»Meine Verletzung zuerst«, sagte das Ungeheuer. »Dann können wir darüber reden, wer sich uns in einer Schlacht gegen die Minotauren anschließen würde. Die Stiermenschen haben keine Freunde unter den Tieren dieser Insel.« Er schien zu kichern. »Ich allerdings auch nicht.«

Um die Wunde des Landhais zu verbinden, mußte Vogelgeist das Tier erst von dem Würgenetz befreien. Dazu zerhackte er den Kriechenden Würger dicht am Stengel und schnitt dann die Schlingarme an so vielen Stellen wie möglich durch. Später benutzte er ein paar von den Stücken, um eine Schlinge herzustellen, in der er das Ungeheuer zum Lager tragen konnte.

Vogelgeist brauchte all seine Kraft, um das Tier anzuheben und mit ihm zu fliegen. Caramon, Tanis, Sturm, Flint und die anderen schauten entsetzt auf, als der Kyrie den Landhai kurz nach Einbruch der Dämmerung in ihrer Mitte absetzte. Obwohl das Tier zahm wirkte, verzog es sich mürrisch an den Rand des Lagers und starrte mißtrauisch in die Wüste hinaus.

Wolkenstürmer begrüßte Vogelgeist. Die beiden Kyrie standen abseits und redeten kurz in ihrer eigenen Sprache miteinander. Dann brachte Wolkenstürmer seinen Freund strahlend zu den anderen.

»Was sollen wir mit so einem Tier?« fragte Caramon.

»Das Minotaurenlager ist gut bewacht. Wir sind zahlenmäßig weit unterlegen. Wir brauchen jeden Verbündeten, den wir finden können«, erklärte Wolkenstürmer. »Es gibt keinen furchtloseren Kämpfer als einen Landhai. Vogelgeist sagt, dieser hier hätte versprochen, andere Tiere dieses Landes herzurufen, damit sie uns helfen. Außerdem hat er von einem Schwarm Bergroche erzählt, die sich eventuell auch unserer Sache anschließen. Ich werde Zwillingsstern losschicken, damit er mit den Rochen redet und sie um Hilfe bittet.«

»Roche!« rief Flint aus. Obwohl Flint ein Hügelzwerg war, kein Bergzwerg, kannte er dennoch den Ruf dieser großen Raubvögel nur zu gut. Sie ähnelten überdimensionalen Adlern und hatten eine Spannweite von bis zu einhundertzwanzig Fuß. Bergzwerge, die in entlegenen Regionen Minen anlegten, wurden mitunter von Rochen angegriffen, die ihre Nester verteidigten.

»Es hat noch nie einen Roch gegeben, der einem Zwerg geholfen hätte – oder umgekehrt«, sagte Flint heftig.

Caramon sah Tanis bittend an. Dieser griff ein, um den Zwerg zu beruhigen. »Wolkenstürmer hat recht – wir brauchen Hilfe. Wenn Vogelgeist einen Landhai fangen kann, dann kann Zwillingsstern vielleicht die Roche für uns zähmen.« Tanis sah die Halbogerin an, die wie gewöhnlich nicht weit von Flint stand. »Kirsig und ich werden unser Möglichstes tun, die Roche von dir und dich von den Rochen fernzuhalten.«

Kirsig, die das Thema Roche und Zwerge sehr ernst nahm, verschränkte die Arme vor der Brust und nickte nachdrücklich.

»Wann können wir damit rechnen, daß unsere ungewöhnlichen Verbündeten sich uns anschließen?« fragte Sturm. Seit seiner Rettung aus der Grube des Untergangs hatte der Solamnier allmählich einen tiefen Respekt vor den Kyrie entwickelt und sah keinen Anlaß, die Weisheit ihres ausgefallenen Plans in Frage zu stellen.

Vogelgeist neigte den Kopf zum Landhai und schien kurze Zeit zu lauschen. »Die Botschaft ist ausgesandt. Morgen früh sollten wir neue Freunde sehen. Am besten warten wir ab. Bis dahin sollten wir schlafen.«

Der Kyrie befolgte seinen eigenen Rat, hockte sich hin, schloß die Augen und schlief beinahe sofort ein. Jedenfalls wirkte es so. Kurz darauf schlug Vogelgeist noch einmal ein Auge auf. »Weckt mich zur Wache, falls nötig«, sagte er noch und schloß wieder die Augen.

»Ich habe mich heute ausgeruht, während ihr auf Kundschaft wart«, stellte Yuril fest. »Ich übernehme die erste Wache und wecke jemanden, wenn ich müde werde.«

Yuril hob eine Decke auf und ging zu einem großen Baum am Rand des Waldes, in dessen Deckung sie ihr Lager aufgeschlagen hatten. Die anderen begannen, sich zu verteilen und bequeme Schlafplätze zu suchen. Einige Kyrie und die übrigen Seeleute von der *Castor* hatten sich bereits schlafen gelegt.

»Ich, äh, muß noch mein Schwert schärfen und meine anderen Waffen für morgen vorbereiten«, murmelte Caramon vor sich hin. »Ich denke, ich leiste Yuril Gesellschaft.«

Sturm und Tanis wechselten einen Blick. »Denk aber dran, daß einer von euch eigentlich Wache halten sollte«, rief Tanis ihm nach.

In Wirklichkeit machte Caramon sich seit Raistlins Verschwinden am Morgen unablässig Sorgen über den Verbleib seines Zwillingsbruders. Er konnte sich nicht vorstellen, daß er einschlafen würde, selbst wenn er es wollte. Yurils Nähe war allerdings beruhigend.

Flint schlief ebenfalls, aber nicht gut. Seine Träume waren vom Rauschen großer Flügel erfüllt, die sich über ihm herabsenkten. Kirsig, die sitzend über den Zwerg wachte, mußte dem Zwerg immer wieder die Decke umlegen, die er fortgeschoben hatte.

Als er am nächsten Morgen schließlich erwachte, sah Flint, daß die Geräusche, die seinen Schlaf gestört hatten, der Wirklichkeit entstammt hatten. Jedoch eher von seltsamen Landtieren als von den Bewohnern der Lüfte.

Am Südwestrand des Lagers stand der Landhai. Dahinter schien der Wüstenboden in der frühen Dämmerung zu wogen. Flint sah näher hin. »Großer Reorx!« rief er aus. Dutzende von riesigen Bodeninsekten, deren Rücken von harten, schwarzen, beweglichen Platten bedeckt war und deren Kopf in einem Paar kleiner, aber sicher wirksamer Kiefer endete, bedeckten den Wüstenboden.

»Horaxe.«

»Was?« fragte Flint den Kyrie, der neben ihm aufgetaucht war.

»Sie leben unterirdisch und werden fast so lang, wie wir groß sind. Sie greifen im Rudel an«, erklärte der Kyrie. »Ich hatte zum Glück noch nie das Pech, in eins hineinzugeraten. Ich habe gehört, sie quetschen einen mit ihren krummen Scheren zu Tode.«

Als er sah, wie Flints Kiefer herunterklappte, fügte der Kyrie hinzu: »Keine Sorge. Sie unterstehen dem Landhai, und der Landhai ist auf unserer Seite – vorläufig.«

»Ihre Scheren sind kräftig, das stimmt«, meldete sich Kirsig zu Wort, die sich zu ihnen gesellt hatte. Die Halbogerin schien über jedes beliebige Thema nützliches Wissen zu besitzen. »Mein Papa hat gesagt, sie könnten wirklich lästig werden, wenn sie einem in die unterirdischen Tunnel geraten. Normalerweise scheuen sie das Sonnenlicht. Ich nehme jedoch an, daß sie es während des Angriffs ein paar Stunden in der Sonne aushalten können.«

Inzwischen waren alle Freunde, die Kyrie und die Seeleute aufgestanden und starrten die seltsame Horde Tiere an – den Landhai, die Horaxrudel und ganz hinten seltsame Felsformationen, die sich bewegten. Flint rieb sich verwundert die Augen.

»Kirsig«, flüsterte er und zupfte die Halbogerin am Ärmel. Flint zeigte hinter die Horaxe.

Die rötlichbraunen Felsen hatten sich wieder bewegt und damit bewiesen, daß sie nicht unbelebte Steine, sondern die knubbelige Haut eines gigantischen Reptils waren. Flint schätzte das gewaltige, schlangenähnliche Tier auf annähernd zweihundert Fuß – von der langen, peitschenartigen Schwanzspitze bis zu seinem pfeilförmigen Maul mit den Reißzähnen. Das Ungetüm schien flach auf dem Boden zu liegen. Die Füße mit den Schwimmhäuten lagen auf beiden Seiten seines Schuppenkörpers.

Was Flint für Höhlen im Fels gehalten hatte, waren tatsächlich die Augenhöhlen des Tiers, die so tief lagen, daß man seine Augen nicht erkennen konnte. Das Monster schlug müßig mit seinem Schwanz über den Boden und köpfte dabei mehrere Felsvorsprünge.

»Das große Hatori, und der Größe nach ein sehr altes«, flüsterte Kirsig. »Auf dieser Insel wird es in den letzten Jahrzehnten wenig zu fressen bekommen haben, und ein hungriges Hatori ist ein hungriger Kämpfer, wie mein Papa immer sagte.«

Der Landhai starrte erst die Kyrie und ihre Freunde an, dann die Armee, die er zusammengerufen hatte. Obwohl keines dieser Raubtiere seine Konkurrenten liebte, mochten sie die Minotauren noch weniger, die in der Welt der Wüste als rücksichtslose, arrogante Antreiber bekannt waren.

Der Landhai hatte ihnen den Plan mitgeteilt, den Vogelgeist und Wolkenstürmer vorgeschlagen hatten. Die Tiere würden einen Tag lang gemeinsam kämpfen, und die Kyrie würden ihnen das verlassene Karthay für tausend Jahre überlassen. Da Kit und wahrscheinlich auch Raistlin in der Ruinenstadt waren, hatten die Wüstenräuber den strengen Befehl, keine Menschen oder andere Rassen anzugreifen, nur Minotauren. Diese konnten sie nach Belieben töten.

Ein plötzlicher Windstoß warf Flint beinahe um. Der Wind ließ nicht nach, er wehte Decken und Gepäck durch das Lager. Mit sinkendem Herzen blickte Flint nach oben. Genau über ihnen flatterten vier Roche, zwei Erwachsene und zwei kleinere, wahrscheinlich ihre halbwüchsigen Nachkommen. Durchdringende, schwarze Augen betrachteten die versammelte Gruppe. Mit den kräftigen Körpern, den schlanken, geschoßgleichen Köpfen und der enormen Spannweite war jeder Roch so groß wie ein Vallenholzbaum. Ihre glänzend braunen und gelben Federn und die starken, gekrümmten Schnäbel blinkten in den Strahlen der aufgehenden Sonne.

Toth-Ur schritt rastlos vor seinem Zelt auf und ab. Die Nachmittagssonne setzte ihm zu, bis sein glänzend schwarzes Fell schweißnaß an ihm klebte. Der Nachtmeister und sein Gefolge waren unbehelligt zum Gipfel des Vulkans aufgebrochen. Nach außen hin schien alles in Ordnung zu sein, aber in Toth-Urs Schritten lag dennoch große Unruhe. Zedhar war von seinem Kundschaftsgang am Vortag nicht zurückgekehrt. Der Kommandant überlegte, ob er einen Suchtrupp losschicken sollte, aber weil seine Truppenstärke bereits um die Soldaten vermindert war, die den Nachtmeister begleiteten, zögerte Toth-Ur noch. Der Oberschamane hatte ihm eingeschärft, heute wachsam zu sein... besonders heute.

Sein Zelt lag nahe des westlichen Rands der Ruinenstadt Karthay an einem eingestürzten Wall. Die Hände in die Hüften gestemmt, musterte Toth-Ur die einsame, karge Landschaft. Ein paar Soldaten standen an der Seite und erwarteten seine Befehle.

Plötzlich brach eine riesige Gestalt keine zehn Fuß vor dem Zelt des Kommandanten aus dem Boden, sprang hoch in die Luft und landete dann schwer auf einem Minotaurensoldaten. Die Gestalt schnappte einmal zu und brach dem Stiermenschen den Hals.

Bevor die übrigen Soldaten noch ihre Schwerter ziehen konnten, drang ein Horax nach dem anderen aus dem Loch, das der Landhai gemacht hatte. Wo der erstaunte Toth-Ur auch hinsah, überall krochen die seltsamen, schrecklichen Tiere aus dem Boden und griffen seine kleine Armee von allen Seiten an.

Die Minotauren hatten keine Chance, denn der Angriff der wilden Tiere kam direkt aus ihrer Mitte. Einige starben auf der Stelle. Andere hielten durch und kämpften, obwohl ihre Schwerter und Speere von den Chitinpanzern der Insektoiden einfach abprallten. Wieder andere zogen sich in bessere Stellungen zurück.

Der Landhai war wie toll. Ungestraft sprang er weiter, um die Minotauren zu zermalmen und zu zerreißen.

Das Horaxrudel war im Blutrausch. Immer zu zweit oder zu dritt überwältigten die Tiere einen Minotaurus. Jeweils einer legte seine Kiefer direkt über dem Huf um ein Bein und brach den Knochen. Ein dritter Horax griff die Weichteile des Minotaurus an, wenn der Soldat auf den Boden gefallen war. Dann fraßen die Tiere ihr Opfer.

Im Süden nahte noch schlimmeres Unheil. Die Wüste selbst schien sich gegen die Minotauren zu wenden. Das große Hatori war aufgetaucht und glitt rückwärts auf eine Reihe Minotauren zu, die tapfer ihre Stellung behaupteten. Mit seinem Knochenschwanz peitschte es hin und her und erwischte ein halbes Dutzend Soldaten auf einmal, die es gnadenlos zerquetschte.

Im Norden stießen die riesigen Roche aus den Wolken herab. Ihre Flügel verdeckten beinahe die Sonne. Sie kreisten außer Reichweite der Speere, während die Stiermenschen mit allem warfen, was ihnen in die Finger kam. Bevor Verstärkung eintraf, brauste jeder Roch auf die Ruinen zu und packte sich gewaltige, ascheverkrustete Steine, die er auf je zwei oder drei Minotauren gleichzeitig fallen ließ, um den Feind zu zermalmen. Kyrie flogen zwischen den Rochen und gaben den Riesenvögeln Befehle.

Überall versuchten die Minotauren, sich neu zu formieren. Für einen Minotaurus war es undenkbar, einem Kampf auszuweichen, aber dieser Angriff einer Armee von Monstern irritierte sie. Ihre Augen quollen hervor. Sie reagierten schlecht organisiert und wirkungslos. Toth-Ur hatte so etwas noch nie gesehen, nicht einmal im Traum. Der Kommandant der Minotauren befahl den Rückzug.

Sturm, Flint, Kirsig, Yuril und die anderen Frauen von der *Castor* näherten sich hinter dem Hatori. Sie wichen Speeren und Testos aus, den Stachelkeulen, die viele Minotauren schätzten.

Während eines Zweikampfs mit einem sieben Fuß großen Ungeheuer, das einen Katar schwang, hörte Sturm, wie Yuril aufschrie. Mit einem letzten Stoß stach der Solamnier den Minotaurensoldat in den Bauch und wich dann dem fallenden Körper aus. Er drehte sich um, um Yuril zu suchen.

Etwas weiter weg stand die Frau über dem verkrümmten Körper einer ihrer Gefährtinnen, die neben einem geköpften Minotaurus lag.

»Das ist Dinchie«, sagte sie und sah Sturm aus nassen Augen an. »Wir – wir sind viele Jahre zusammen zur See gefahren.« Yuril trat dem kopflosen Minotaurus in die Seite. Dann stürzte sie sich wieder in den Kampf. Sturm dachte daran, den Körper der Seefahrerin für ein späteres Begräbnis an die Seite zu ziehen, aber ehe er dazu kam, standen zwei behaarte, gespaltene Hufe vor ihm.

Der Solamnier sah gerade rechtzeitig hoch, um ein niederfahrendes Zweihänderschwert abzuwehren. Der mächtige Schlag ließ sein Schwert zerspringen. Die Nüstern des Minotaurus blähten sich auf, als er sein Schwert wieder hob. Sturm fummelte an dem Dolch in seinem Gürtel herum. Verzweifelt riß er ihn heraus und warf. Er traf seinen Gegner in den Magen. Der Minotaurus klappte zusammen. Sturm griff zu und zog das Messer erst mit einem Ruck nach oben, dann heraus. Dem Stiermenschen quollen die Eingeweide heraus.

Der Kommandant der Minotaurenarmee hatte sich ins Innere der Stadt zurückgezogen. Aber seine Soldaten waren nicht formiert, und der Feind schien überall unter und über ihnen zu sein, um sie unablässig anzugreifen.

Ein Läufer kam zu Toth-Ur. »Eine Bande Kyrie, ein Elf und ein Mensch sind in die innere Stadt vorgedrungen und haben das Lager des Nachtmeisters erreicht, wo die Menschenfrau gefangengehalten wurde.«

Fluchend schrie Toth-Ur: »Folgt mir!« Mit einer kleinen Gruppe Soldaten stürmte er zu der alten Bücherei.

Der Plan war gewesen, daß die Wüstentiere und die Roche die äußeren Truppen beschäftigen sollten, bis Caramon, Tanis, Wolkenstürmer, Vogelgeist und die anderen Kyrie zum Schlupfwinkel des Nachtmeisters durchgestoßen waren, um Kitiara zu retten. Inzwischen würde bald die Sonne untergehen, aber Kitiara hatten sie noch nicht gefunden – und Raistlin ebensowenig.

Seite an Seite hatten sich Caramon und Tanis zum Lager des Oberschamanen durchgekämpft und die wenigen Minotauren vertrieben, die als Wachen zurückgeblieben waren. Aber als sie den Verschlag erreichten, der nach den Worten des Kyrie Kitiara festgehalten hatte, war der Käfig leer.

Obwohl es ohne jede Deckung gefährlich war, bot Vogelgeist an, rasch den inneren Bereich der Ruinenstadt zu überfliegen, um sie zu suchen.

Bevor er abheben konnte, fuhr ein Shatang, ein Wurfspeer mit Widerhaken, zwischen ihnen nieder. Caramon drehte sich gerade rechtzeitig um, um sich vor dem Abwärtsschlag von Toth-Urs beschlagener Keule zu ducken. Der Kommandant, der in der einen Hand seinen Testo, in der anderen einen Clabbard hielt, stürzte sich auf den Majerezwilling. Aus dem Grunzen und Waffengeklirr um sich her schloß der junge Krieger, daß auch seine Freunde im Zweikampf standen.

Die einfachen Steinwaffen wären gegen das gehärtete Metall der Minotauren eindeutig im Nachteil gewesen, doch die Vogelmenschen konnten sich schließlich im Nu in die Luft erheben und die Minotauren mit ihren Klauen angreifen, während sie die Angriffsrichtung änderten und ihre Gegner aus dem Konzept brachten, deren Schwerthiebe oft ins Leere gingen.

Einer der Minotaurensoldaten schleuderte einen Speer, der Wolkenstürmer in den Flügel traf. Mit dem anderen Arm riß der Kyriekrieger die Waffe heraus und stieß sie dann dem Soldaten in den Bauch, der ihm zu nahe gekommen war.

Caramon, der nur ein Schwert hatte, begann angesichts von Toth-Urs ausgezeichnetem, zweihändigen Angriff zurückzuweichen. Plötzlich ging ein überraschter Ausdruck über das Gesicht des Kommandanten. Seine Waffen fielen auf die Erde. Mit einem unwillkürlichen Griff an seinen Rücken fiel der riesige Minotaurus vornüber. Yuril beugte sich hinunter und setzte dem Stiermenschen den Fuß auf den Rücken, um in einer fließenden Bewegung ihr Schwert herauszuziehen. Ungerührt wischte sie es am Boden ab und salutierte Caramon, indem sie es an die Stirn führte.

»Gern zu Diensten«, sagte sie mit flüchtigem Lächeln, bevor sie davonrannte.

Als Sturm, Flint und Kirsig durch einen eingestürzten Säulengang liefen, sprang ein Minotaurus, dem es gelungen war, dem Hatori und den Horaxen zu entgehen, auf den Zwerg los. Er wirbelte einen Testo. Flint duckte sich, fiel jedoch hin und stieß sich den Kopf an. Benommen sah der Zwerg zu, wie der Soldat sich mit erhobener Keule breitbeinig über ihn stellte.

Kirsig stieß einen Schrei aus wie von einer Todesfee, warf sich mit ganzem Gewicht auf den Soldaten, wollte ihn umstoßen. Flint kroch zur Seite. Er schüttelte den Kopf, um wieder zu sich zu kommen. Beim Blick zurück sah der Zwerg, wie der Minotaurus unter Kirsigs Überraschungsangriff taumelte, sich dann aber fing. Der Stiermann schnappte sich die Halbogerin mit einer Hand, um ihr dann mit der anderen den Schädel einzuschlagen.

Zu spät war Sturm bei dem Minotaurus und bohrte ihm treffsicher das Schwert zwischen die Hörner. Ihre tapfere Gefährtin Kirsig war tot.

»Mein Held.«

Vogelgeist, der Tanis trug, hatte die Menschenfrau entdeckt, die in einem nahen Stadtteil an eine zerbrochene Säule gefesselt war. Ein einsamer Minotaurus bewachte sie nach wie vor, doch der Kyrie und der Halbelf machten kurzen Prozeß mit dem hartnäckigen Soldaten.

Da Kitiara vom Ringen mit ihren Fesseln erschöpft und zudem enttäuscht war, weil sie nicht an der Schlacht teilnehmen konnte, die sie in der Ferne wahrgenommen hatte, begrüßte sie Tanis gereizt.

»Du hast die schlechte Angewohnheit, mich zu retten«, sagte sie, als der Halbelf sie losband. Mit großen Augen sah sie Vogelgeist an, der den Blick grinsend erwiderte. »Diesmal habe ich allerdings wohl wirklich ein bißchen Hilfe gebraucht«, fügte sie grollend hinzu.

»Keine Ursache«, erwiderte Tanis. Er wußte, ein ausdrücklicheres Dankeschön würde er von Kitiara Uth Matar niemals bekommen.

In seinen Augen sah Kit ausgehungert und schmutzig aus. Eilig holte Tanis ein Stück Trockenfleisch aus einem Beutel und gab es ihr. Kitiara schlang es hungrig herunter. Als er ihr zusah, wurde sich Tanis trotz ihres halbverhungerten, schmierigen Aussehens erneut ihrer herben Schönheit bewußt.

Caramon kam angerannt und schloß Kitiara ungestüm in die Arme. Sturm war dicht hinter ihm, dann kam Yuril.

»Wo ist Raist?« fragte Caramon.

Vogelgeist schüttelte den Kopf. Tanis fragte zurück: »Wo sind Flint und Kirsig?«

»Die Halbogerin ist tot«, sagte Sturm finster. »Sie ist tapfer im Kampf gefallen. Flint geht es gut.« Er winkte mit dem Arm. »Er ist da drüben und kämpft.«

Kit hatte sich Knöchel und Handgelenke massiert. Sie wirkte bereits munter und voller Tatendrang. Sie zeigte zum Dach der Welt. »Raistlin war hier, aber er hat angeboten, meinen Platz als Opfer des Nachtmeisters einzunehmen. Ich glaube, sie sind da oben. Wir haben keine Zeit zu verlieren.« Die Nacht brach herein. »Aber wie erreichen wir rechtzeitig den Gipfel?«

Wolkenstürmer und die drei anderen Kyrie waren inzwischen gelandet. »Wir können im Nu hinauffliegen«, sagte der Kyriekrieger.

Kit schien zu zweifeln. Tanis versicherte ihr, daß es möglich war.

»Sturm«, befahl Caramon, »such Flint und sag ihm und den anderen, daß wir uns zurückziehen. Überlaßt die Minotauren der Armee der Tiere. Verschwindet aus der Ruinenstadt. Wir treffen uns am Lagerplatz von letzter Nacht.«

»Aber –«, protestierte der Solamnier.

»Keine Zeit. Wir haben nicht genug Kyrie, um alle hochzubringen«, warf Tanis ein, »und jemand muß Flint warnen.«

Sturm nickte und rannte davon.

Wolkenstürmer ergriff Caramon und hob ab. Vogelgeist nahm Tanis. Die anderen beiden Kyrie folgten ihnen mit Yuril und Kitiara.

Sie brausten hoch zum Dach der Welt.

Die wütende Schlacht ließen sie hinter sich. Heute nacht würden der Landhai, das Hatori und die Roche sich sattfressen können.

Kapitel 8

Der Zauber für Sargonnas

Der Legende nach war das Dach der Welt während der Umwälzung zum letzten Mal ausgebrochen. Der vulkanische Todesregen hatte die Stadt Karthay und ihre Bewohner völlig vernichtet. Karthay war seit dieser Zeit unbewohnt gewesen, bis der Nachtmeister und seine Jünger gekommen waren, um ihre geheimen Vorbereitungen zu treffen, damit Sargonnas in die Welt Einzug halten konnte.

Das Dach der Welt stand wie ein riesiger, zerklüfteter Zahn am Rand der Stadt, wo der Berg eine ausgezeichnete Barriere nach Norden und Westen darstellte. Seine Hänge waren von tiefen Schluchten und undurchdringlichen Haufen erstarrter Lava durchzogen. Der Nachtmeister und seine Akolythen hatten Monate damit zugebracht, einen Pfad zum Gipfel zu brechen, einem schwarzen, leblosen Krater.

Aus der Ferne sah es so aus, als wäre die Spitze des Berges abgeschnitten. Unzählige steile Glutkegel übersäten den ungewöhnlich breiten Krater. Überall waren Zeichen vulkanischer Aktivität zu sehen, einschließlich Basaltbrocken, Abdrücken von Baumstämmen und Riesenkreuzkraut, die von inzwischen erstarrter Lava umflossen worden waren. Geysire brodelten. Dampf- und Gasfontänen zischten aus Bodenspalten empor.

Eine ovale Mulde im Krater war größer und lebhafter als die übrigen. Das war das Herz des Vulkans, das von abgekühlter Lava überkrustet war. Sein Zentrum bestand aus einem Felspfropf, der sich tief im Auslaß des Vulkans verhärtet hatte.

Der Nachtmeister glaubte, daß unter der ovalen Vertiefung der eigentliche Vulkankrater lag, dessen Ausbruch dem Einbruch der Spitze ins Zentrum des Berges vorausgegangen war. Und unter dem ursprünglichen Krater wartete wiederum die Feuerfontäne, die die vulkanische Aktivität erneut entfachen konnte. Seit Wochen hatten die Gefolgsleute des Nachtmeisters zusammen mit den Minotaurentruppen daran gearbeitet, die Öffnung freizulegen.

Von seinem Lager an der aschebedeckten Terrasse der einst großartigen Bibliothek der alten Stadt war der Nachtmeister regelmäßig zu einem Bergplateau im Westen von Karthay gewandert, um die Zeichen zu deuten. Der Zauberspruch, der Sargonnas rief, würde hier gewirkt werden, auf dem Gipfel und im Herzen des Vulkans.

Alles war vorbereitet. Die Akolythen und eine ausgewählte Anzahl Minotaurensoldaten lagerten seit Tagen auf dem Gipfel, wo sie das benötigte Labor aufgebaut, die verschiedenen Zutaten – Talismane, Steine und tote Tiere – aufgereiht und die

Bücher und Spruchrollen bereitgelegt hatten, die der Nachtmeister brauchen würde, um den Zauber zu sprechen.

Nach langen, arbeitsreichen Stunden war jetzt die Spitze des ursprünglichen Vulkans ausgegraben und der Mund der Feuerfontäne freigelegt. Der Durchmesser der Öffnung betrug rund ein Dutzend Fuß. Tief unten konnte man feurige, orangerote Lava blubbern und brodeln sehen.

Die Soldaten hatten am Rand der Öffnung ein Holzgerüst gebaut. Ein Dutzend Stufen führten zu einer Plattform, von der aus man die Feuerfontäne überblicken konnte.

Die Sterne standen beieinander. Der Tag wich der Nacht.

Alles war bereit, als der Nachtmeister und seine Gruppe den Gipfel erklommen. In seinen zeremoniellen Pelzen und Federn schritt der Nachtmeister mit klingenden Glöckchen stolz auf die ovale Vertiefung zu, die den eigentlichen Krater beherbergte. Er lief zwischen einem Spalier von Akolythen und Soldaten hindurch, die sich aufgestellt hatten, um ihn zu begrüßen.

Dem Nachtmeister folgten zahlreiche bewaffnete Minotauren und die Hohen Drei, die Schamanen. Dahinter kam ein junger, dünner Mensch in dunkler Robe, der stolpernd von dem mürrischen Dogz mitgezerrt wurde, und ein Kender ohne Haarknoten, der begeistert von dem glorreichen Schauspiel des Bösen plapperte, dessen Zeuge er nun werden würde.

»Raistlin, verrate mir, wie du herausgefunden hast, daß ich diesen alten, allgemein vergessenen Zauber wirken will. Befriedige meine Neugier. Du weißt, du stirbst ohnehin.«

Der Nachtmeister beugte sich mit triumphierendem Grinsen über Raistlin.

Der junge Magier saß eisern schweigend auf einem Stein in der Nähe des Kraters. Die Arme waren ihm hinter dem Rücken zusammengebunden, und auch die Füße waren mit einem Seil gefesselt. Aber Raistlin weigerte sich, seine Niederlage einzugestehen. Statt dessen lächelte er den Nachtmeister bei seiner Antwort rätselhaft an.

»Das war Zufall. Es war nur eine zerrissene Seite in einem vergilbten Zauberbuch, die mir auffiel. Ich wußte, daß der Spruch etwas mit minotaurischen Ritualen zu tun hatte. Soviel war klar. Und es wurde Sargonnas erwähnt, der Herr der Finsteren Rache. Aber ich hatte keine Chance, die Zutaten zusammenzubekommen, und mehr kümmerte mich nicht.

Dann erwähnte mein Freund, Tolpan Barfuß«, hier nickte Raistlin in Richtung des Kenders, der zwischen den Mitgliedern der Hohen Drei herumsprang, denen er beim Mischen von Tränken und Ingredienzien helfen wollte, aber vor allem im Weg war, »zufällig einen kräuterkundigen Minotaurus auf der Insel Südergod. Ein kräuterkundiger Minotaurus... meine Neugier war geweckt. Ich fragte einen Freund von Tolpan, einen Kender, der mir manchmal Wurzeln, Kräuter und anderes verkaufte, nach bestimmten, speziellen Zutaten, die auf der zerfledderten Seite des vergilbten Zauberbuchs erwähnt wurden.

Eine dieser Zutaten war das Jalopwurzpulver, und der Kender versicherte mir, daß der Minotaurus es vorrätig hätte. Zusammen mit meinem Bruder und einem Freund bot sich Tolpan freiwillig an, nach Südergod zu reisen, um das Jalopwurzpulver zu kaufen.«

Hier legte Raistlin eine Pause ein und blickte sich um. Der fahle Abend war angebrochen und versprach eine kalte Nacht, in der man die Sterne deutlich sehen würde.

Die Akolythen und Truppen hatten sich an den Rand des Gipfels zurückgezogen, wo sie in sicherer Entfernung auf das kommende Schauspiel warteten. Schweigend und ernst hielten sich die wenigen Soldaten vom Nachtmeister, Raistlin und den anderen fern. Sie hielten ihre Waffen hoch, so daß der Stahl und die eingelassenen Edelsteine im Licht der Zwillingsmonde glänzten.

Dogz stand neben dem Nachtmeister, um Raistlin zu bewachen.

»Selbst da habe ich mir noch nicht viel dabei gedacht«, fuhr der junge Magier fort. »Es gehört zu meinem Beruf, mich für exotische Kräuter und seltene Sprüche zu interessieren. Dann verschwanden allerdings mein Bruder, sein Freund und Tolpan. Und vor ihrem Verschwinden schickte mir Tolpan eine magische Flaschenpost, die mir alles über die seltsame Hinrichtung des kräuterkundigen Minotaurus berichtete.

Der Überbringer der Flaschenpost fügte ein paar seltsame Einzelheiten über das vermißte Schiff und seinen verräterischen Kapitän hinzu. Nach Erfüllung seiner Aufgabe schien der Kapitän auf eine Weise umgekommen zu sein, die mir eindeutig magisch erschien.«

Raistlins Augen glitzerten schlau.

»Das meiste habe ich mir danach zusammengereimt. Ich ging wieder an mein zerfallenes Zauberbuch und las und prüfte diesen einen Spruch. Ich besprach meine Schlußfolgerungen mit«, hier zögerte er, »sagen wir, einem erfahrenen Ratgeber. Durch diese Bemühungen dämmerte mir allmählich, daß das Jalopwurzpulver nur ein kleiner Teil eines magischen Vorhabens war, das gewaltiger war als alles, was ich vermutet hatte. Dieser ehrgeizige Spruch mußte Minotauren von höchstem Rang einbeziehen, und der geplante Zauber würde im Erfolgsfall Sargonnas, den Gott der Minotauren, auf die materielle Ebene bringen. Der logische Ort für solch ein Ritual würde hier bei den Ruinen von Karthay sein, am letzten bekannten Ort auf Krynn, wo der Herr der Rache seinen feurigen Zorn gezeigt hat.«

»Du hast meine magische Flaschenpost also erhalten!« zirpte Tolpan. Der Kender war hinter Raistlin aufgetaucht. »Ich bin froh, daß sie nicht verschw –«

Der Nachtmeister schnappte sich Tolpan, dessen Gewohnheit, einfach loszuplappern, ihn allmählich ärgerte. Er klemmte sich den Kender ziemlich grob unter einen Arm und hielt ihm mit seiner riesigen Hand den Mund zu.

Raistlin sah die beiden kühl an.

»Ja«, schnurrte der Nachtmeister, während Tolpan sich größte Mühe gab, aus dem festen Griff des Oberschamanen zu entkommen. »Tolpan hat dir eine magische Flaschenpost geschickt. Ihr zwei seid alte Freunde, nicht wahr? Wie gefällt dir denn der neue, bessere Tolpan – dem einer meiner Jünger einen Trank verabreicht hat? Der macht ihn zu einem bösen Kender. Er war uns bisher«, der Nachtmeister drückte Tolpan fest, »von größtem Nutzen, und ich denke doch, daß er uns auch in Zukunft nützlich sein wird.«

Raistlin sah den zappelnden Kender an. Dann ging sein Blick zum Nachtmeister zurück. »So habt ihr es also geschafft«, sagte Raistlin. »Ein Trank.«

»Zweifelst du daran?« grollte der Nachtmeister. Einen Augenblick nahm der Nachtmeister seine Hand von Tolpans Mund.

»Es stimmt«, sagte Tolpan, der sein Gesicht zu einer möglichst gräßlichen Fratze verzog. »Ich bin jetzt unglaublich böse. Tolle Veränderung, was?«

Der Nachtmeister schlang seinen Arm wieder um den Kender, und Tolpan zappelte weiter.

»Ich hätte erwartet«, sagte Raistlin schlicht, »daß so ein Trank keine Langzeitwirkung hat.«

Der Nachtmeister lächelte. »Du hast ganz recht«, knurrte er. »Dogz!« Dogz kam näher, und der Nachtmeister reichte ihm den Kender. »Gib Tolpan seine doppelte Dosis – jetzt!«

Dogz sah den Nachtmeister an, wandte den Blick jedoch sofort zur Seite. Seine Augen trafen kurz die von Raistlin. Dann nickte Dogz dem Nachtmeister zu.

Dieser richtete seine Aufmerksamkeit wieder auf Raistlin. »Ich danke dir, daß du mich erinnert hast.«

Dogz führte den Kender trotz seiner Proteste in eine abseits gelegene Ecke, wo ein kleiner Tisch aufgebaut war. Raistlin sah, wie Dogz den Kender an den Schultern hinsetzte, etwas in einem Becher umrührte und dem Kender den Inhalt einflößte. Anschließend beobachtete Raistlin, wie Dogz den Kender eine Weile ansah, bis der Kopf des Kenders nach vorn sackte und er friedlich auf seinem Stuhl einschlief.

Um sie herum waren die Vorbereitungen für den Zauberspruch in vollem Gang. Fesz und die anderen beiden Minotaurenschamanen warfen händeweise Zutaten, die sie aus Gläsern und Bechern nahmen, in den geöffneten Krater. Nach jahrhundertelangem Schlaf hatte der Vulkan begonnen, zu zischen und zu fauchen. Ein blaßorangefarbenes Licht drang aus der Öffnung des Feuerlochs.

Dogz trottete zu Raistlin und dem Nachtmeister zurück.

»Ich hätte den Kender als Blutopfer in Betracht gezogen«, grollte der Nachtmeister, »wenn Kender nicht eine so unbedeutende Rasse wären. Sargonnas würde einen Menschen weitaus vorziehen, und ein junger Magier wie du wird die Wirkung des Spruches deutlich erhöhen, wie du dir vielleicht vorstellen kannst.« Hier hielt er inne und musterte Raistlin genau.

»Ich weiß so wenig von den Sitten der Menschen. Erkläre mir, warum du weder die weißen, die roten noch die schwarzen Roben trägst.«

»Ich habe die Prüfung noch nicht abgelegt«, sagte Raistlin, »und ich habe noch nicht gewählt, welche Farbe ich eines Tages tragen werde.«

»Wenn du eine schwarze Robe hättest«, überlegte der Nachtmeister, »wären wir auf derselben Seite. Du würdest Sargonnas verehren wie ich.«

»Ich weiß nur sehr wenig über Sargonnas. Das ist einer der Gründe, weshalb ich gekommen bin.«

»Du bist gekommen, um deinen Bruder zu retten«, sagte der Nachtmeister höhnisch.

»Teilweise«, antwortete Raistlin, »und teilweise, weil mich alle magischen Orden interessieren – der schwarze, der weiße und der neutrale.«

»Wirklich?«

Die Hohen Drei hatten ihre Vorarbeiten beendet. Dogz stand mit verschränkten Armen im Schatten. Fesz kam zu ihnen und unterbrach ihr Gespräch.

»Verzeihung, Exzellenz«, sagte Fesz, »aber wir sind soweit.«

Der Oberschamane nickte ihm zu. Fesz drehte sich um.

Der Nachtmeister beugte sich zu Raistlin herunter und blies ihm seinen heißen, stinkenden Atem ins Gesicht. Der Oberschamane untersuchte den jungen Magier aus Solace mit neuem Interesse. Raistlin zuckte nicht mit der Wimper.

»Also deshalb«, knurrte der Nachtmeister, »wolltest du freiwillig den Platz deiner Schwester einnehmen... weil du den Spruch beobachten und Sargonnas persönlich kennenlernen wolltest – was dir sicher gelingt, denn du bist das Opfer, das seinen Eintritt in diese Welt ermöglicht.«

Raistlin wartete lange, bevor er seine Antwort gab. »Teilweise«, sagte er nur.

Der Nachtmeister holte aus und schlug Raistlin ins Gesicht, worauf der von dem Stein rollte, der ihm als Stuhl gedient hatte. Blut rann über Raistlins Gesicht. Um das Maß vollzumachen, trat der Nachtmeister den jungen Magier fest in die Seite, als der schon am Boden lag. Noch immer schrie Raistlin nicht auf.

Dogz wartete mit verschränkten Armen und ungerührtem Gesicht.

»Wachen!« schrie der Nachtmeister. Zwei bewaffnete Minotauren lösten sich von den anderen am Rand des Gebiets und rannten herbei. »Bringt diesen armseligen Menschen zum Krater und haltet ihn fest, bis ich ihn brauche!«

Die Soldaten hoben Raistlin hoch und schleppten ihn so nahe an den Kraterrand, daß die Hitze von unten ihn versengte.

Die Hohen Drei stellten sich auf der anderen Seite des Kraters auf.

Der Nachtmeister legte einen scharlachroten Mantel über und stieg über die Stufen das Gerüst hoch. Oben lag auf einem Pult ein dickes Buch.

Raistlin schüttelte den Kopf, um ihn nach dem Schlag des Nachtmeisters wieder klarzubekommen. Er war nur etwas benommen. Obwohl die Soldaten ihn gut festhielten, konnte der junge Zauberer sich verrenken und Tolpan hinter den Hohen Drei erkennen. Der Kender saß immer noch zusammengesunken auf seinem Stuhl.

Auf dem Gerüst hob der Nachtmeister seinen gehörnten Kopf, holte tief Luft und blickte zum Himmel.

Kälte umklammerte den Gipfel, obwohl kein Wind ging. Die Wolken, die den Himmel während der letzten Nächte verdeckt hatten, waren verschwunden. Die Sterne glänzten wie Leuchtfeuer.

Raistlin fühlte nicht nur die durchdringende Hitze des Vulkans, sondern jetzt hörte er auch deutlich die feurige, orangefarbene Flüssigkeit, die allmählich an die Oberfläche hochbrodelte.

Der Nachtmeister begann, in einem alten minotaurischen Dialekt aus dem Buch vorzulesen. Seine kehlige Stimme wurde immer lauter.

Die Hohen Drei begannen im Hintergrund zu murmeln.

Raistlin konnte kaum ein Wort verstehen, nur gelegentlich eine Anrufung von Sargonnas.

Während der Nachtmeister den Zauber sagte, bewegte er

seine kraftvollen Arme auf seltsam schöne Weise. Mit den Händen malte er komplizierte Zeichen in die Luft. Hinter ihm bauschte sich sein Mantel. Die kleinen Glocken an seinen spitzen, gekrümmten Hörnern klingelten eine Begleitmusik zu jeder seiner Bewegungen. Seine tiefe Bullenstimme, die geheimnisvolle Sätze ausstieß, stand in seltsamem Kontrast zu seinen tänzerischen Bewegungen.

Zack! Aus dem Nichts traf ein Gegenstand eine der Minotaurenwachen so kräftig an den Hals, daß der Stiermensch Raistlin auf der Stelle losließ, sich an die Kehle griff und tot umfiel.

Bevor jemand reagieren konnte, erkannte Raistlin im Augenwinkel noch etwas, das vorbeiflog, diesmal noch größer. Es war Tolpan Barfuß.

Aus dem Schatten sprang Tolpan auf den Rücken des anderen Minotaurus, der Raistlin festhielt. Er tat sein Bestes, ein Wesen zu erdrosseln, das dreimal so groß und sechsmal so schwer wie der Kender war. Allerdings machte er seine Sache recht ordentlich, denn der Kender war so hoch oben gelandet, daß der Minotaurus nicht hoch genug greifen konnte, um Tolpan zu erwischen.

Aber gleich darauf kam Fesz angesprungen und riß Tolpan herunter. Obwohl der gleich wieder aufstand, bewegte er sich unsicher. Fesz konnte ihn leicht am Kragen ergreifen und den zappelnden Kender mehrere Fuß hoch in die Luft heben.

»Du machst mir Schande, Kender!« donnerte Fesz, der Tolpan so heftig schüttelte, daß der Kender Schluckauf bekam. »Du, dem ich geglaubt und vertraut habe – du, den ich böse gemacht habe – du, den ich mit dem großen Privileg beehrt habe, die Ankunft von Sargonnas mitzuerleben – du – du –«

Der Minotaurenschamane schäumte vor Wut und Enttäuschung.

Inzwischen hatte sich der Minotaurensoldat wieder gefangen. Er hatte Raistlin nicht einmal losgelassen.

Dem jungen Zauberer fiel kein Spruch ein, den er ohne Zuhilfenahme seiner Hände hätte sagen können. Immer noch gefesselt, blieb Raistlin nichts weiter übrig, als gebannt zu beobachten, wie sich alles entwickelte.

»Großes Privileg« – hicks – »pfui!« Tolpan spuckte Fesz in sein stinkendes Stiergesicht. »Ihr Hornochsen könnt doch Ehre nicht von « –hicks – »Kuhfladen unterscheiden. Ich habe genug von eurem scheußlichen Atem, euren arroganten Hörnern, die sich jeder blöde Ochse wachsen lassen könnte« – hicks – »euren stinkenden Schränken, euren ungehobelten Manieren« – hicks, hicks...

Tolpan war fast lila vom vielen Schütteln.

Plötzlich brachte donnerndes Gebrüll beide zum Schweigen. Alles blickte zur Spitze des Gerüsts, wo der Nachtmeister stand, der bei dem Handgemenge kurzfristig in Vergessenheit geraten war. Mit seinen geballten Fäusten und den wütend gefletschten, spitzen Zähnen war der Nachtmeister wie der Zorn persönlich.

»Ruhe!« brüllte der Nachtmeister herunter. »Ihr unterbrecht den Zauber!«

»Aber –«, grollte Fesz flehentlich, »aber der Kender –«

»Mach Schluß mit ihm«, befahl der Nachtmeister. »Schmeiß ihn in den Krater!«

»Ja«, sagte Fesz schwach.

»Nein!« brüllte eine andere Stimme.

Raistlin, der zum Nachtmeister hochgeschaut hatte, drehte gerade rechtzeitig den Kopf, um zu sehen, wie Fesz sich an die Kehle griff. Dort steckte so tief, daß der Schamane ihn nicht herausziehen konnte, ein Dolch mit einem H-förmigen Griff – der sorgsam polierte Katar von Dogz. Fesz ließ Tolpan fallen, der mit einem Bums aufkam. Dann fiel der Minotaurenschamane um. Er war tot.

Vom Gerüst donnerte der Nachtmeister: »Bringt ihn um!«

Dogz versuchte noch nicht einmal davonzurennen und wehrte sich auch nicht, als ihn einige Soldaten umstellten und drohend Speere und Schwerter erhoben. Um die Wahrheit zu sagen, hätte der Minotaurus nicht sagen können, warum er getan hatte, was er getan hatte – das Undenkbare: Verrat. Nur, daß er den Kender, Tolpan Barfuß, mochte. Besonders jetzt, wo Tolpan anscheinend sein altes Selbst wiedergefunden hatte. Dogz hatte aus einem Instinkt heraus reagiert, von dem er vorher nichts geahnt hatte – dem Instinkt der Freundschaft.

Dogz ging in die Knie.

Der Kender kam von seinen hoch.

Hicks.

Obwohl Raistlin von der verbliebenen Minotaurenwache gut festgehalten wurde, versuchte er, einen Spruch zu finden, den er in dieser verzweifelten Lage zustande bringen könnte. Da brachte ihn Tolpans Schluckauf auf etwas: der Unsichtbarkeitszauber, den Raistlin an diesem Tag bereits benutzt hatte, um durch die Minotaurenwache zu schleichen. Er würde Raistlin jetzt nicht viel helfen, aber wenn er ihn auf jemand anderen sprechen konnte… Er würde nicht lange halten, aber doch so lange, daß Tolpan fliehen konnte. Der junge Magier konzentrierte sich. Hinter seinem Rücken bewegte er die Finger in den Fesseln.

Raistlin murmelte die Worte für den Zauber, setzte Tolpans Namen ein und konzentrierte sich mit aller Macht auf die Stelle, an der Tolpan stand.

Mit einem leisen Plopp verschwand der Kender.

Der Nachtmeister, der einen Blitzschlag auf Tolpan vorbereitete, verfluchte sich selbst. »Trottel! Ich bin ein Trottel!« tobte er. »Daran hätte ich denken müssen.« Der Oberschamane lehnte sich über die Brüstung des Gerüsts und schrie dem Soldaten, der Raistlin hielt, zu: »Steck ihm einen Knebel in den Mund und sorg dafür, daß der Zauberer nicht sprechen kann. Dann bring ihn zu mir hoch.«

Der Wächter warf Raistlin auf den Boden und band ihm grob mit einem schmutzigen Stück Stoff den Mund zu. Dann begann er, Raistlin zur Treppe hinzuschleifen.

Der Nachtmeister beugte sich auf der anderen Seite über die Brüstung und brüllte einigen seiner Jünger, die außerhalb der Soldatenreihe standen, zu: »Der Kender ist unsichtbar! Sucht ihn und tötet ihn!«

Vier Minotauren rannten dorthin los, wo der Kender gerade noch gestanden hatte, und begannen, herumzusuchen. Sie bückten sich und sahen argwöhnisch in die dünne Luft.

Hicks.

Jedesmal, wenn die Soldaten einen Hickser hörten, fuhren sie herum und rannten zu einem anderen Fleck, wo sie nach etwas stachen, das nicht da war, und miteinander zusammenstießen.

Der Nachtmeister beugte sich zu den Hohen Drei hinunter, die nach Fesz' Tod nur noch die Hohen Zwei waren, und rief: »Weitermachen! Der Spruch ist fast vollendet!«

Die beiden Minotaurenschamanen, die durch den unerwarteten Tod von Fesz, dem Nachfolger des Nachtmeisters, erschreckt worden waren, hatten aufgehört zu singen. Sie wirkten verstört. Aber der mörderische Ausdruck im Gesicht des Nachtmeisters reichte aus, damit sie wieder ihre unterstützende Rolle für den Spruch übernahmen und die notwendigen Sätze anstimmten.

Der Nachtmeister richtete seine Aufmerksamkeit wieder auf Raistlin, der gerade von dem Bewaffneten auf die oberste Stufe gezerrt wurde. Der Oberschamane ergriff den Arm des jungen Magiers und befahl dem Soldaten, sich den Truppen unten anzuschließen. Das tat der Minotaurensoldat mit Freuden.

Raistlin konnte weder Arme noch Beine bewegen. Sein Mund war so fest verschlossen, daß er fast erstickte. Der Nachtmeister brachte ihn an den Rand des Gerüsts und hielt ihn über die Kante.

Von diesem Punkt aus schien das flüssige Feuer in der Vulkangrube überzukochen. Die Hitze versengte dem jungen Magier das Gesicht.

»Merk's dir gut, Zauberer«, zischte der Nachtmeister, »denn bald wirst du vom Herrn der Vulkane verschlungen.«

Mit einer kräftigen Drehung warf der Nachtmeister Raistlin in eine Ecke des Gerüsts. Der Oberschamane wandte sich wieder dem dicken Zauberbuch zu und machte an der Stelle weiter, wo er aufgehört hatte.

Hicks.

Unten versuchten die Akolythen des Nachtmeisters, dem Hicksen nachzulaufen und den unsichtbaren Kender zu fangen. Wieder und wieder griffen sie ins Leere.

Der Nachtmeister verdrängte die Geräusche. Jetzt, wo er seinem Ziel so nahe war, konnte ihn nichts mehr aufhalten. Erneut begann er, in einem alten Dialekt zu grummeln. Erneut bewegte er die Arme, um den mächtigen Spruch zu sagen.

Raistlin lag zusammengekrümmt in der Ecke der Plattform. Er fühlte sich besiegt. Mit seinen feinen Ohren konnte er das Hicksen unten hören. Der junge Magier wünschte, Tolpan würde Hilfe holen oder flüchten oder wenigstens aufhören zu hicksen.

Der Nachtmeister drehte eine Seite um.

Hicks.

Der Schluckauf kam jetzt seltener – wie Donnern nach dem Durchzug des Sturms. Die Jünger des Nachtmeisters hatten aufgegeben. Sie hatten keine Ahnung, wie sie einen unsichtbaren Kender fangen sollten. Diejenigen, die Tolpan suchen sollten, versammelten sich, weil sie der Anblick fesselte, wie der Nachtmeister auf dem Gerüst seinen großen Zauber wiederaufnahm.

Hicks.

Ein Minotaurensoldat merkte, wie ihm das Schwert aus der

Scheide gezogen wurde. Gerade noch rechtzeitig hielt er den Griff fest und eroberte ihn nach einigem Gezerre mit etwas Unsichtbarem zurück. Der Minotaurus schlug nach dem Etwas, traf jedoch daneben. Einer nach dem anderen schlugen die Soldaten um ihn her zu, verfehlten aber ebenfalls. Dann zog ein Soldat sein Schwert, holte wild aus und schnitt dabei dem Minotaurus direkt neben ihm das Ohr ab.

Hicks.

Das Geräusch erklang dort, wo Dogz auf den Knien wartete. Er war von einem Pulk Minotaurensoldaten umgeben. Die Soldaten gingen dem Hickser nach, konnten jedoch nicht genau feststellen, woher er gekommen war. Ein paar von ihnen verließen Dogz, umklammerten ihre Waffen und schnupperten mißtrauisch. Damit verblieben nur drei Wachen bei dem Verräter.

Auf dem Gerüst blätterte der Nachtmeister die Seite um und las mit seiner tiefen Stimme die geheimnisvollen Sätze längst vergangener Zauberei weiter vor.

»Psst, Dogz! Ich bin's, Tolpan.«

Dogz' traurige Augen gingen auf, doch er sorgte sich mehr um die Sicherheit des Kenders als um sich selbst. Die drei Wachen standen einige Fuß weiter mit dem Rücken zu ihm, denn sie beobachteten den Nachtmeister. Sie hatten Tolpan nicht gehört.

Mit den Augen gab Dogz zu verstehen, daß er ihn gehört hatte.

»He, ich möchte dir danken, daß du Fesz getötet hast! Das war wirklich eine tolle Sache. Du bist ein wahrer Freund! Natürlich hätte ich das auch schon längst getan, wenn nur –«

Mit den Augen versuchte Dogz, dem Kender mitzuteilen, daß er von hier verschwinden sollte – weit fort von Dogz –, bevor die bewaffneten Wachen sich umdrehten.

»Sag mal, Dogz, du hast nicht zufällig einen kleinen Dolch oder so was–«

»Fesz«, knurrte Dogz so leise wie möglich.

Eine der Wachen hörte ihn. Sie drehte sich um und starrte Dogz argwöhnisch an. Der zuckte mit den Achseln. Die Wache kam herbei und stocherte mit ihrem Speer in der Luft herum, ohne etwas zu treffen.

Hicks.

Die Minotaurenwache rammte Dogz das stumpfe Ende des Speers in den Bauch. Dogz klappte japsend zusammen.

Auf dem Gerüst blätterte der Nachtmeister die letzte Seite um. Er ließ sich einen Augenblick Zeit, atmete tief durch und zog ein paar trockene Blätter und andere Dinge aus kleinen Beuteln an seinem Gürtel. Diese magischen Zutaten warf er in den Vulkan.

Ein Teilchennebel erhob sich aus dem Krater, breitete sich aus und erfüllte mit seinem orangeroten Licht die Luft. Der Nebel war heiß und trocken.

»Die Jalopwurz«, knurrte der Nachtmeister und nickte Raistlin zu, »und der Rest der übrigen Ingredienzien, die man für den Spruch braucht.«

Raistlin, der an einem der Eckpfosten lehnte, starrte teilnahmslos geradeaus. Sobald der Nachtmeister sich wieder seinem Zauberbuch zuwandte, nahm er seine verzweifelten Bemühungen wieder auf, das Seil durchzutrennen, indem er es an der Holzecke des Gerüsts rieb.

Hicks.

Auf dem Boden versuchte etwas Unsichtbares, den Katar aus Fesz' Hals zu ziehen. Keiner achtete mehr auf den toten Schamanen, so daß Tolpan seinen Fuß auf Fesz' Kopf stellen und mit beiden Händen ziehen konnte. Keiner bemerkte, wie der Katar aus dem Körper des Minotaurus glitt und unter Tolpans Tunika verschwand.

Zum Glück hatte Tolpan den Schluckauf endlich überwunden.

Zu seinem Pech würde er nicht mehr lange unsichtbar bleiben.

So vorsichtig, wie er konnte, schlich sich der unsichtbare Tolpan leise an der Minotaurenwache vorbei, die unten am Gerüst stand. Auf Händen und Knien kroch er eine Stufe nach der anderen zu Raistlin hoch.

Der Zauberer hörte das seltsame Kratzen und Rascheln auf den Stufen hinter sich und erstarrte. Noch während er das tat, merkte er, wie eine scharfe Klinge die Seile durchzuschneiden begann, die seine Hände banden.

Bei einem Blick über die Schulter sah Raistlin Tolpan auf der vorletzten Stufe. Der Kender wurde allmählich sichtbar. Raistlin schüttelte heftig den Kopf, um den Kender zu warnen, aber Tolpan war so in seine Aufgabe vertieft, daß er Raistlin nicht ansah. Selbst wenn er das getan hätte, hätte der Kender nicht die leiseste Ahnung gehabt, was der Magier ihm sagen wollte.

Der Nachtmeister hörte ein Geräusch zu seinen Füßen.

Als Tolpan aufschaute, sah er, wie der Nachtmeister nach ihm griff.

Pfeilschnell zog Tolpan den Katar zurück und warf sich nach links. Auf dem Boden des Gerüsts kam er hoch und stach nach vorn und nach unten. Der Katar sank in den gespaltenen rechten Huf des Nachtmeisters.

Der Oberschamane der Minotauren heulte vor Schmerz auf, riß den Katar heraus und schleuderte ihn über die Seite des Gerüsts. Schäumend vor Wut riß der Nachtmeister einen Fetzen Tuch von seinem Mantel ab und wickelte ihn um seinen Fuß, aus dem das Blut nur so strömte. Dann warf er den Kopf hoch und suchte mit geblähten Nüstern nach Tolpan.

Tolpan war einer Panik so nahe, wie ein Kender das überhaupt sein kann. Erstarrt vor Schreck versuchte er zu entscheiden, ob er bleiben oder davonrennen sollte. Da sah er, wie die hervorquellenden Augen des Nachtmeisters ihn suchten. »Oh-oh«, murmelte er und entschied sich sofort fürs Rennen.

Aber es war zu spät. Der Nachtmeister hatte die kurze Entfernung zwischen ihnen im Nu überwunden und schnappte sich den Kender mit seiner Riesenhand. Mit ohrenbetäubendem Brüllen holte der Oberschamane aus und schleuderte Tolpan weit hinaus über den Schlund des Vulkans.

Tolpan fiel und fiel dem flüssigen Glutofen entgegen...

...nur um von etwas aufgefangen zu werden, das zu ihm heruntersauste.

Dem Nachtmeister blieb vor Verblüffung der Mund offen stehen, als ein Kyriekrieger den Kender mit seinen Klauen im Flug auffing. Der Kyrie brauste nach oben, an dem Schamanen vorbei und zum Boden, wo er den verblüfften Tolpan Barfuß ein Stückchen weiter absetzte.

Als der Nachtmeister von einer Seite des Gerüsts zur anderen rannte und hinunterblickte, sah er, daß eine kleine Gruppe Kyrie und Menschen seine Minotauren in einen Kampf verstrickt hatte. Zahlreiche Minotauren lagen tot oder verwundet auf dem Boden, während andere sich zurückgezogen hatten, um sich hinter Lavabrocken zu sammeln, von wo aus sie Speere warfen und mit Pfeilen auf die Eindringlinge schossen.

Der Nachtmeister konnte die Menschenfrau, Kitiara, unter den Angreifern erkennen, doch er hielt vergeblich nach seinen zwei Schamanen Ausschau, die ihre Posten verlassen hatten und in dem Getümmel untergegangen waren.

Am Fuß des Gerüsts sah der Nachtmeister einen starken, braunhaarigen Menschen die einzige Wache bedrohen. Mit einem Schwert kämpfte er gegen die Stange des Minotaurus. Obwohl er dem Wächter schwer zusetzte, hielt dieser wacker die Stellung, denn er nutzte seinen größeren Körper aus, um die Schläge abzuwehren und den Menschen nicht auf das Gerüst zu lassen.

Da der Nachtmeister von diesem Anblick zunächst erschüttert war, taumelte er zurück. Alle seine Pläne – verdorben von einem Kender, ein paar Kyrie und einer Handvoll armseliger Menschen! Dieser Gedanke ließ seinen wahnsinnigen Zorn neu auflodern.

Der Oberschamane trat vor und hob beide Arme zum Himmel. Er rief einen magischen Befehl. Sein rechter Arm fuhr hinunter.

Ein Dutzend gleißender Feuerbälle explodierten bei der Gruppe der Menschen und Kyrie.

Zwei Minotaurensoldaten, die gegen die Eindringlinge gekämpft hatten, waren sofort eingeäschert. Einer der Kyrie wand sich auf dem Boden, wie der Nachtmeister zufrieden feststellte. Seine Flügel standen in Flammen. Ein anderer Kyrie beugte sich über seinen Kameraden und versuchte, die Flammen zu ersticken.

Lachend über ihre nutzlosen Versuche bereitete der Nachtmeister seinen nächsten Spruch vor.

Da erinnerte ihn ein Geräusch von hinten an Raistlin Majere.

Unten am Boden wich Tolpan hüpfend den Feuerbällen aus, die überall um ihn herumsausten. Er wunderte sich über die Vogelwesen, die auf der Seite von Caramon und, wie er glücklich feststellte, von Tanis und Kitiara zu kämpfen schienen.

»Hei, Kitiara! Wie bist du denn entkommen?« schrie der Kender, als er zur Seite rannte und dann auf Händen und Knien durch den Rauch kroch, weil er anscheinend etwas suchte.

Ihm fiel auf, daß Kitiara ihm nur einen kurzen, finsteren Blick zuwarf, ehe sie einem heranstürmenden Minotaurus ihr Schwert in die Seite stieß. Sie wich in einen verrauchten, dunklen Abschnitt zurück, gefolgt von einigen der Vogelmenschen. Warum hatte Kit immer so schlechte Laune? Er hatte sie doch nett begrüßt?

Der Rauch ließ Tolpans Augen tränen. Er tastete auf dem Boden herum, bis seine Hände endlich das fanden, wonach er gesucht hatte. Bevor er aufstehen konnte, stellte sich ein Fuß fest auf seine Hand.

Tolpan sah hoch und grinste dann erleichtert. »Hallo, Tanis! Mann, tut das gut, dich zu sehen. Und Caramon und Kitiara. Wo ist Flint?«

Der Halbelf starrte ihn forschend an. »Auf wessen Seite stehst du, Tolpan?« fragte er streng.

»Aber, Tanis«, sagte Tolpan zutiefst gekränkt. »Was für eine Frage! Ich bin natürlich auf deiner Seite. Bist du nicht auf meiner? Es stehen nur Raistlin und ich gegen all diese Minotauren, und wir könnten wirklich etwas Hilfe gebrauchen.«

Tanis sah den Kender an. Dann nahm er langsam seinen Fuß hoch. Tolpan griff nach seinem Hupak und kam dann mit Tanis' Hilfe auf die Beine. Betrübt rieb sich Tolpan die Hand.

»Du hast nicht zufällig ein Schwert übrig, hm?« fragte der Kender bittend.

Tanis schüttelte den Kopf, zog jedoch einen Dolch aus der Scheide und gab ihn Tolpan mit dem Heft voran.

Der Kender nahm ihn eifrig. Das Messer würde reichen. Immerhin hatte er seinen geliebten Hupak wieder.

Der Halbelf lächelte ihm zu. »Klar bin ich auf deiner Seite… wenn du auf meiner bist. Es hat da in letzter Zeit ein paar komische Gerüchte über dich gegeben.«

»Wirklich?« meinte Tolpan mit breitem Grinsen. »Tja, ich habe einiges erlebt. Erst wurden wir von dem Kapitän der *Venora* verraten – ich mochte ihn sowieso nicht. Ich habe ihn Alte Walroßfratze genannt. Dann kam dieser unglaublich große Sturm, bloß war das gar kein richtiger Sturm, sondern –«

Drei Minotauren mit beschlagenen Keulen und Schwertern brachen durch den Rauch und griffen sie an.

Tanis fuhr wütend herum, bremste ihren Angriff ab und rannte dann nach einer Seite davon. Tolpan lief in die andere Richtung.

Einer der Kyrie war bei dem Feuerballbeschuß gefallen. Ein anderer hatte seinen Kameraden zur Seite gezogen und war von der Gruppe getrennt worden.

Tanis war verschwunden.

Die anderen sammelten sich an einem kleinen Vorsprung. Eine Gruppe Minotaurensoldaten setzte ihnen zu. Kitiara und Yuril schlugen mit dem Rücken zum Fels mit ihren Schwertern nach zwei Stiermenschen. Wolkenstürmer und drei andere Kyriekrieger kämpften in der Nähe und wehrten mehrere Minotauren mit gekrümmten Keulen ab.

Einer der Minotauren kam näher und stach mit dem Schwert nach Yuril. Er traf sie in die Seite. Sofort fuhr Kitiara herum und schlitzte dem Angreifer am Ellbogen den Arm auf. Der Minotaurus wich zurück. Er umklammerte den Arm, um den Blutfluß zu stoppen. Sein Kamerad schubste ihn beiseite und stürzte sich auf Kitiara, solange sie ihre Stellung noch nicht wieder eingenommen hatte.

Wenigstens dachte Kit, er hätte sich gestürzt, aber als sie ungeschickt auswich, fiel der Minotaurus einfach weiter und blieb mit dem Gesicht nach unten tot liegen. In seinem Nacken steckte ein kleines Messer.

Sie erhaschte gerade noch einen Blick auf den Kender, der davonrannte.

Yuril brach zusammen. Kitiara hielt sie an den Schultern fest. »Schaffst du's?« fragte sie. Yuril nickte schwach und wurde ohnmächtig.

Tolpan konnte Dogz einfach nicht finden.

Die Minotauren hatten den Verräter zum Rand des Schauplatzes geschleppt, wo ein Stiermann den Gefangenen abseits vom übrigen Geschehen nervös bewachte. Dogz saß betroffen da und starrte auf seine Füße. Er war in seiner eigenen Welt. Plötzlich hörte er einen lauten Rums. Als er hochsah, ging der

Minotaurensoldat in die Knie, griff sich an den Hals und kippte dann vornüber in den Staub.

Tolpan schlenderte heran.

»Liegt alles im Handgelenk«, prahlte er. »Nicht jeder Kender kann einen Hupak so gut werfen wie ich. Ach, ich könnte wirklich behaupten, kaum ein Kender kann einen Hupak so gut werfen wie ich. Gut, vielleicht Onkel Fallenspringer, aber der hat es mir schließlich beigebracht!«

Mitten in dem lärmenden, rauchverhangenen Getümmel um sie herum band Tolpan Dogz rasch los.

Dogz bewegte sich nicht. »Du bist zurückgekommen, Freund Tolpan«, sagte er, doch seiner Stimme fehlte der gewohnte hallende Klang.

»Das war ich dir doch schuldig, oder?«

»Es ist schön, daß du wieder so bist wie früher«, sagte der Minotaurus. »Also hat das Gegengift der Frau gewirkt.«

Der Minotaurensoldat erwies sich als zäh, wild und kampferfahren. Caramon kam nicht an ihm vorbei.

Es schien ein Patt zu sein, bis Tanis angelaufen kam und Caramon mit seinem Schwert unterstützte. Der Halbelf schlug zu, während Caramon weiter zustach. Ihre Waffen trafen gegen die Stange des Minotaurus.

Zum ersten Mal sah Caramon einen Anflug von Panik in den Augen des Soldaten. Der Minotaurus stolperte und zog sich ein paar Schritte zurück. Alle seine Bewegungen waren jetzt nur noch Verteidigung, und Tanis und Caramon nutzten ihren Vorteil. Der Minotaurus ermüdete offensichtlich allmählich unter ihrem Angriff und würde nicht mehr lange durchhalten.

Auf dem Gerüst stellte sich der Nachtmeister Raistlin Majere.

Nachdem Tolpan das Seil um seine Hände durchtrennt hatte, hatte der junge Magier rasch auch den Strick um seine Füße gelöst. Jetzt stand er blaß und schwitzend mit festem Blick da wie ein Tier, das gleich losspringen würde.

»Die Dinge laufen nicht gerade gut... was?« sagte Raistlin mit leiser, entschlossener Stimme.

Der Nachtmeister war vom alptraumhaften Ablauf der Ereignisse überrollt worden. Aber jetzt weckte der Mensch vor ihm, der irgendwie seine Pläne durchschaut und sich mit anderen verschworen hatte, um sie scheitern zu lassen, erneut seine Entschlossenheit. Der Oberschamane der Minotauren starrte auf den viel kleineren Raistlin herab. Zufrieden stellte er fest, daß der winzige Mensch keine Waffe hatte.

»Der Spruch ist gesagt«, grollte der Oberschamane. »Jetzt fehlt nur noch das Opfer. Und wie ich sehe, bist du immer noch hier, Raistlin Majere aus Solace. Mir scheint, es hat genug Unterbrechungen und Verzug gegeben. Die Stunde deines Todes ist da. Sargonnas wartet!«

Raistlin war weiter vorgerückt, während der Nachtmeister gesprochen hatte. Jetzt sprang er los – von dem Oberschamanen zum Zauberbuch, das auf dem Pult lag. Er riß das Buch hoch und hielt es vor sich.

Der Nachtmeister hielt inne und hinkte überrascht auf Raistlin zu. »Was soll das, Zauberer?« sagte der Minotaurenschamane höhnisch. »Glaubst du, dir bleibt noch Zeit, einen Spruch zu lernen, um mich zu besiegen? Oder willst du mein Zauberbuch bloß als Schild verwenden?«

Raistlin fuhr herum und schleuderte das Zauberbuch über den Schlund des Vulkans.

»Nein!« schrie der Nachtmeister, der vergeblich dem Buch nachsetzte. »Nei-i-i-n!«

Gerade als der Minotaurus Raistlin den Rücken zudrehte, kamen Tanis und Caramon oben auf dem Gerüst an. Sie warfen ihre Waffen auf die große Gestalt. Zwei Schwerter fuhren in den Rücken des Nachtmeisters. Der Oberschamane hing noch einen Augenblick am Rand des Gerüsts, verlor dann den Halt und stürzte kopfüber in den Feuerkrater.

Caramon und Tanis umarmten Raistlin.

Fragend schaute der junge Magier auf den Kampf, der unten weiterging.

»Kit geht es gut«, erklärte Caramon schnell. »Tolpan auch. Wir tun unser Bestes, die Minotauren zu besiegen!«

»Wir haben keine Zeit mehr«, sagte Raistlin angespannt. »Wir müssen uns beeilen.«

Caramon und Tanis sahen, daß aus dem Schlund des Vulkans bereits eine rote Wolke drang. Wie ein feuriger Wirbelwind wuchs sie an. Sie mußten das Gesicht von der sengenden Hitze abwenden.

Ein Geräusch wie das von hunderttausend Pferdehufen begleitete die Wolke. Caramon warf einen kurzen Blick in den orangeroten Feuersee, dessen riesige Wellen hochschwappten, bevor Raistlin ihn fortriß. Caramon und Tanis wurden von dem jungen Magier die Stufen des Gerüsts hinuntergedrängt.

»Kitiaras Gegengift?« fragte der Kender begriffsstutzig.

»Ich habe es dir statt deiner üblichen Doppelportion verabreicht«, sagte Dogz ernst.

»Ja, genau, darüber hatte ich noch mit dir reden wollen. Der Trank hat noch nie besonders gut geschmeckt, aber beim letzten Mal war es noch schlimmer...«

Plötzlich hielt der Kender inne. Er hörte ein seltsames Geräusch, das ganz anders klang als die Kampfgeräusche, die er bisher gehört hatte. Tolpan schaute zum Gerüst hoch. Es stand leer. Ein Feuersturm brauste aus dem Maul des Vulkans empor und loderte über den Platz.

»Oh-oh«, schluckte Tolpan. »Darüber reden wir später. Jetzt verschwinden wir lieber.« Er zupfte an Dogz, der noch nicht aufgestanden war.

»Ich komme nicht mit«, sagte Dogz.

»Was machst du?«

»Ich komme nicht mit«, wiederholte Dogz. Jetzt stand er auf, bückte sich und legte dem Kender die Hände auf die Schultern. Dogz sah seinem Freund in die Augen. »Ich habe meiner Rasse Schande gemacht«, sagte der Minotaurus. »Ich habe Befehle mißachtet. Ich bin entehrt.«

»Wie?« stotterte Tolpan, der sich wild umsah. Minotauren rannten schreiend an ihnen vorbei und warfen ihre Waffen weg. In dem Durcheinander von Feuer und Rauch konnte er keinen seiner Freunde entdecken. »Was soll das heißen? Du hast mir das Leben gerettet! Für mich bist du ein Held!«

Dogz drückte Tolpans Schultern. Seine Augen waren feucht. »Geh, Freund Tolpan«, sagte Dogz traurig. »Rette dich. Ich bin es nicht wert, gerettet zu werden. Ich bin entehrt.« Er setzte sich wieder hin.

Tolpan wollte wütend etwas erwidern, als eines dieser riesigen, gefiederten Wesen herunterstieß und ihn in die Luft hob. Das Wesen schloß sich einigen anderen fliegenden Vogelmenschen an. Jeder schien einen Menschen mitzuschleppen.

Die Kyrie wendeten scharf und stiegen dann auf. Sie hatten sich gerade über den Rauch und das Feuer erhoben, als sie eine furchtbare Explosion hörten. Als Tolpan und die anderen sich umschauten, konnten sie eine kolossale, rote Flammensäule aus dem Mund des Vulkans hochschießen sehen. Die Säule stand in der Luft und formte sich zu einer Gestalt, die einem Riesenkondor sehr ähnlich sah. Minutenlang ließ der Kondor tödliches Feuer auf jeden herunterregnen, der noch auf der Spitze des Vulkans ausharrte. Nach einiger Zeit löste sich der Kondor auf, die Säule zog sich zurück, und der Vulkan beruhigte sich.

Sargonnas war gekommen und wieder gegangen.

Epilog

Die Orughi warteten zu Hunderten vor der Küste von Spornheim, bis sie langsam erkannten, daß der Zauber nicht gewirkt hatte. Sargonnas kam nicht – noch nicht. Mit Enttäuschung in den Knopfaugen drehten die Orughi von Karthay ab und hielten auf die kleineren, noch ungastlicheren Inseln zu, die sie bewohnten. Sie schwammen nach Norden. Die vielen hundert starken Flossen wühlten das Wasser so auf, daß man nach ihrem Abzug eine meilenlange Schaumspur sehen konnte.

Die Oger in ihren Kriegsschiffen nahe der Staße am Land Ho

erkannten ebenfalls, daß die Zeit vorüber war. Oolong Xak, der Kommandant der Flotte der Ogerstämme, gab den Dutzenden von Kriegsschiffen das Zeichen zum Umkehren – zurück nach Ogerstadt und zum Kontinent Ansalon. Wenigstens, dachte Oolong Xak aufatmend, hatten die Oger kein Bündnis mit den verachteten Orughi geschlossen. Schlimm genug, daß die Ogerhäuptlinge zugestimmt hatten, sich den Minotauren anzuschließen. Die Stiermenschen hatten mit ihrem verrückten Traum von Sargonnas Rückkehr jedermann an der Nase herumgeführt.

Weitab im Palast der Stadt Lacynos nahmen die acht Minotauren vom Obersten Kreis die Nachricht vom Mißerfolg des Nachtmeisters unterschiedlich auf.

Eines war jedenfalls sicher. Diese Wendung der Ereignisse bedeutete einen großen Ehrverlust für ihren König. Nachdem dieser von dem Fehlschlag gehört hatte, verließ er auf der Stelle den Obersten Kreis und kehrte in seine Residenz zurück.

Obwohl Atra Cura den König unterstützt hatte, warf diese politische Fehleinschätzung kein schlechtes Licht auf den Anführer der minotaurischen Piraten. Statt dessen bestärkte sie ihn in seinem größenwahnsinnigen Glauben, daß der König stürzen und daß er, Atra Cura, sein Nachfolger sein würde – vielleicht schon im nächsten Jahr.

Der Marinekommandant, Akz, der Kommandant der minotaurischen Armee, Inultus, der Gelehrte und Historiker, Juvabit, der Schatzmeister, Groppis und der Meister der Baugilde, Bartill – diese fünf Ratsmitglieder verharrten noch lange im Saal, nachdem sie die bestürzende Nachricht vom Tod des Nachtmeisters erhalten hatten. Sie versuchten einander mit ihren Beteuerungen zu übertrumpfen, daß jeder insgeheim die Schwächen an den Plänen des arroganten Oberschamanen erkannt hätte.

Vor seiner Abreise sprach Victri, der Führer der Landminotauren, eindringlich über den Patriotismus, der im Herzen jedes Stiermenschen brannte, und wie das minotaurische Königreich trotz gelegentlicher Rückschläge eines Tages ganz Ansalon überrennen würde.

Was Kharis-O, die Vertreterin der minotaurischen Nomaden, anging, so funkelte sie die anderen wütend an und verschwand ohne ein Wort.

Auf der Insel Karthay sammelten sich die Gefährten wieder auf dem hochgelegenen Platz, wo sie in der Nacht vor dem Angriff auf die Ruinenstadt gelagert hatten.

Die minotaurischen Truppen waren versprengt. Wer sich noch auf dem Gipfel des Vulkans aufgehalten hatte, war von der Säule aus Feuernebel verbrannt worden, die kurz aus dem Krater aufgeflammt war. Nach dem Ende der Kämpfe war die Armee der Wüstentiere und Roche, die den Gefährten geholfen hatte, die Minotauren zu besiegen, in ihre Baue und Höhlen zurückgekehrt.

Kirsigs Körper wurde von Flint ins Lager zurückgetragen. Der Zwerg hatte ganz allein ein einfaches Grab ausgehoben, an einer Stelle, wo der Boden nicht allzu hart war. Er steckte ihr Schwert in den frischen Hügel, damit es alle sehen konnten.

»Kirsig sagte, sie wäre Putzfrau und Heilerin«, sprach der Zwerg an ihrem Grab. Er zupfte an seinem Bart und schaute zu Boden. »Aber diejenigen von uns, die an ihrer Seite gekämpft haben, wissen, daß sie das wahre, nicht wankende Herz eines Kriegers hatte. Und wir werden sie vermissen«, fügte er hinzu, während er ein paar Tränen, die man selten bei ihm sah, aus den Augen wischte.

Zwei der Seglerinnen von der *Castor* und drei der Kyriekrieger waren bei dem Angriff umgekommen, einschließlich Vogelgeist. Es war Vogelgeist gewesen, der auf dem Gipfel des Dachs der Welt verbrannt war.

Sturm trauerte um den Kyrie, der ihn vor dem sicheren Tod in der Grube des Untergangs bewahrt hatte.

Wolkenstürmer trauerte um seinen Freund. Ja, Vogelgeist war in der Schlacht gestorben, und das war für jeden Kyrie ein ehrenvoller Tod. Aber sein Körper war auf der Bergspitze zurückgeblieben, als der Vulkan mit seinem tödlichen Feuerregen ausbrach. »Unsere Toten werden immer in einem Scheiterhaufen über der Erde verbrannt«, erzählte Wolkenstürmer Sturm traurig. »Aber die Asche muß in alle vier Himmelsrichtungen verstreut werden. Sicher hat die Lava den Körper von Vogelgeist bedeckt. Im Tod wird er nie frei werden.«

Wo sie verletzt worden war, fühlte Yurils Seite sich wund an, eine Wundheit, die sie für den Rest ihres Lebens begleiten würde. Aber sie würde sich erholen und überleben. Caramon versorgte sie während ihrer Genesung, brachte heißen Tee und Heilmittel bei Tag und Decken bei Nacht.

Wenn Flint die beiden beobachtete, beschwerte er sich jammernd bei Tanis: »Er erinnert mich an Kirsig – verhält sich wie eine Frau.« Tanis nickte nur, denn er bewunderte Caramons Zärtlichkeit.

Die Kyrie flogen weiterhin lange Kundschaftsflüge. Eines Tages kehrte einer zurück und berichtete Wolkenstürmer, daß ein Schiff, die *Castor*, an der Südküste wartete. Als Yuril und die beiden überlebenden Seefahrerinnen das hörten, berieten sie sich und gaben bekannt, daß sie beschlossen hätten, wieder in See zu stechen. Erstaunt versuchte Caramon, Yuril zu überreden, bei ihnen zu bleiben.

»Nein«, lachte die große, starke Steuerfrau. »Du verstehst das nicht, was? Mit Kapitän Nugeter ist nicht gut Kirschenessen, aber ich gehöre aufs Meer, und das weiß er. Du hast deinen Bruder wieder. Ich muß wieder aufs Meer zurück.«

Raistlin und Tanis verabschiedeten sich von Yuril und gelobten ewige Dankbarkeit. Flint schüttelte ihr und den anderen feierlich die Hand. Kit umarmte Yuril. Caramon drückte Yuril nach kurzem Schmollen einen Kuß auf die Lippen, der so lange dauerte, daß Tolpan ihn antippen mußte.

Drei der Kyrie trugen die Seefahrerinnen zum Schiff zurück, das sie erwartete.

Vier Kyrie kehrten zurück – die drei, die zur *Castor* geflogen waren, und ein Bote von der Insel Mithas.

Ein Posten brachte Nachricht aus dem Kerker in Atossa. Morgenhimmel war tot. Der gebrochene Vogelmann, Wolkenstürmers Bruder, war gestorben, ohne seinen grausamen Häschern etwas zu verraten.

Wolkenstürmer weinte, als er dies erfuhr.

»Du mußt zurück«, sagte der Kyriebote zu Wolkenstürmer. »Sonnenfeder ruft dich. Er sagte, ich sollte dir ausrichten, daß die Herrschaft nun an dich fallen wird.«

Wolkenstürmer sammelte seine Himmelskrieger und gab bekannt, daß sie sofort nach Mithas zurückkehren würden. Die Gefährten kamen zusammen, um sich traurig von dem alten Volk zu verabschieden, das ihnen dabei geholfen hatte, Sargonnas aufzuhalten.

»Wir werden uns wiedersehen«, sagte Raistlin feierlich.

»Das werden wir ganz bestimmt«, sagte Wolkenstürmer.

Sturm schloß Wolkenstürmer steif, aber herzlich in die Arme.

Caramon trat vor, ohne zu wissen, was er sagen oder tun sollte. Er hatte Wolkenstürmer in der kurzen Zeit so gut kennengelernt. Er würde seinen Kyriefreund nie vergessen.

Wolkenstürmer sah den Menschen an. Er hob Caramons Arm an und zog den Ärmel hoch, bis er die Narbe von der Nacht des Seedrachens fand. Der Kyrie berührte die Narbe mit zwei Fingern und führte dann die beiden Finger an seine Lippen.

»Krieger«, sagte Wolkenstürmer. »Bruder.«

»Krieger«, wiederholte Caramon. »Bruder.«

Als die Kyrie losflogen, erzeugten sie mit ihren riesigen Schwingen ein eindrucksvolles Rauschen.

Seit dem Angriff auf die Ruinenstadt und der Niederlage des Nachtmeisters waren sieben Tage vergangen, seit der Abreise der Kyrie zwei Tage.

Es herrschte Aufbruchstimmung unter den Gefährten. Obwohl einige verletzt waren und ihre Wunden pflegten, ging es keinem so schlecht, daß er oder sie nicht weiterziehen konnte. Dennoch verharrten die sieben Freunde auf dem hohen Plateau über der zerstörten Stadt, wo sie in der Ferne noch den rauchenden Gipfel des Dachs der Welt ausmachen konnten.

Tolpan hatte versucht, alle zu überzeugen, daß er eigentlich nie richtig böse gewesen war. Es war alles ein fabelhaftes Theater gewesen, erklärte der Kender beharrlich.

Dennoch hatte Sturm dem Kender eine ausführliche Predigt gehalten. Insgeheim glaubte er, daß der böse Kender ihn in Atossa um ein Haar umgebracht hätte. Keiner konnte den Solamnier vom Gegenteil überzeugen. Und keiner wußte so recht, ob er es überhaupt versuchen sollte.

Am späten Nachmittag, als die Essenszeit nahte, sah Flint, wie Tolpan und Sturm wieder heftig stritten. Auf einmal krümmte sich der Zwerg und hielt sich den Bauch vor Lachen. Sturm wollte wissen, was Flint so komisch fand.

»Ke – ke – Kender ohne Zopf!« platzte der Zwerg heraus. »Solamnier mit halbem Schnurrbart!«

Alle lachten mit – bis auf Sturm, der nicht verstand, was daran so überaus lustig sein sollte.

Tolpan lachte am längsten. Als er sich schließlich wieder beruhigt hatte, wurde er ganz ernst. »Du glaubst mir doch, nicht wahr, Raistlin?«

»Ja, das tue ich«, sagte Raistlin schlicht.

»Seht ihr! Raistlin glaubt mir!« rief der Kender strahlend.

»Mein Bruder ist sehr klug«, sagte Kitiara, die ein Feuer für das Abendessen aufbaute, »aber er hat eine Schwäche für Kender.«

»Was glaubst du, Kitiara?« fragte Sturm, der auf eine Verbündete hoffte.

»Das habe ich schon gesagt«, antwortete Kit. »Er war böse, bis Dogz seinen Trank durch mein Gläschen Leucrottaspeichel ersetzte. Ohne Dogz wäre Tolpan immer noch böse – und wir vielleicht alle tot.«

»Leucrottaspeichel?« wiederholte Sturm verwirrt.

»Er wirkt bei Liebestränken als Gegengift«, warf Tanis ein, »und Kitiara dachte, wenn er bei Liebestränken wirkt, könnte er bei dem Gesinnungstrank dieselbe Wirkung haben. Hat er wohl auch, denn Tolpan ist hier und ist nicht mehr böse.«

»Der große Experte für Liebestränke«, murmelte Flint, der die Augen verdrehte. Er gab Kit einen großen Topf, damit sie Wasser holen ging.

Tolpan grinste breit, um jedem zu beweisen, daß er nicht mehr böse war.

»Hm, vielleicht«, sagte Sturm zweifelnd.

»Ist das möglich?« fragte Caramon Raistlin.

»Möglich«, sagte sein Bruder unbeteiligt.

»Was ich schon lange mal fragen wollte, Kit«, sagte Tanis, »wenn du mit Onkel Nelltis eine Leucrotta gejagt hast, wie bist du dann so schnell nach Karthay gekommen?«

Auch die anderen waren auf die Antwort gespannt. Aber Kit war verschwunden, um den Kochtopf zu füllen.

Als sie wiederkam, diskutierten die anderen bereits über ein neues Thema – die vertraute Debatte der letzten Woche: Wo sollten sie hinziehen, und was sollten sie als nächstes tun?

Seit acht Tagen lagerten sie hier oben, begruben die Toten, verabschiedeten sich von heimkehrenden Freunden und schoben ihre eigenen Pläne auf.

»Ich sage euch, was ich gerne tun würde«, sagte Caramon kühn. »Ich würde gerne nach Mithas zurückkehren und Wolkenstürmer und die Kyrie im Krieg gegen die Minotauren unterstützen. Ich möchte den Tod von Morgenhimmel rächen!«

»Ich würde auch gern nach Mithas zurückgehen«, stimmte Sturm zu. »Ich würde diesem Gladiator, Tossak, gern noch einen Hieb versetzen, jetzt, wo ich wieder fit bin.«

»Gibt es viele Schätze in diesen Minotaurenstädten?« fragte Kit.

»Klar!« rief Tolpan.

»Ich weiß nicht«, sagte Tanis nachdenklich. »Ich vermisse Solace, aber wenn wir schon einmal so weit weg sind – nämlich auf der anderen Seite der Welt –, finde ich doch, daß wir das nutzen sollten, um Land und Leute kennenzulernen. Was meinst du, Raistlin?«

Der Wind hatte aufgefrischt. Die Nacht brach an, und mit ihr wurde es kälter. Lunitari und Solinari gingen auf.

Der junge Magier lächelte dünn. »Wir können nicht für immer hierbleiben. Und der Heimweg wird sicherlich kein Zuckerschlecken. Also finde ich, wir sollten morgen früh abstimmen. Wie das auch ausfällt, wir machen das, was wir beschließen, und brechen auf.«

Sie wurden von ungewohntem Krach unterbrochen. Die Gefährten sahen zu Flint hinüber, der am Feuer stand. Ein appetitlicher Geruch wehte aus dem großen Topf herüber. Der graubärtige Zwerg funkelte sie an, während er mit einem großen Holzlöffel gegen den Topf schlug.

»Reden, reden, reden!« schäumte der Zwerg. »Kommt essen!«